Nicole Mahne

Forever kann mich mal

Von Nicole Mahne bereits im Südpol Verlag erschienen:

Mia und die aus der 19 (Band 1)

Mia und die aus der 19 – Alpaka-Zirkus (Band 2)

Mia und die aus der 19 – Plötzlich Superstar (Band 3)

Nelly & Düse – Pudel frisch gestrichen

Nelly & Düse – Frühstück mit QUAK

Südpol

MIX
Papier | Fördert gute Waldnutzung
FSC www.fsc.org FSC® C014138

Das Buch wurde auf FSC-zertifiziertem Papier gedruckt und leistet damit einen aktiven Beitrag zur nachhaltigen Bewirtschaftung der Wälder rund um den Globus.

ISBN 978-3-96594-209-7

2. Auflage August 2023

Umschlaggestaltung und Illustrationen: Corinna Böckmann

www.suedpol-verlag.de

Bibliographische Information der Deutschen Nationalbibliothek
Die Deutsche Nationalbibliothek verzeichnet diese Publikation in der Deutschen Nationalbibliographie; detaillierte bibliographische Daten sind im Internet über http://dnb.ddb.de abrufbar.

Nicole Mahne

Forever kann mich mal!

Nichts ist für immer.

Das Leben ist exakt wie der Urknall.

Du wirst geboren und peng,

alles fliegt auseinander.

DONNERSTAG: 3. MAI

Um mich herum ein Wald ausgestreckter bettelnder Arme. Ich ziehe den Kopf ein und ducke mich. Während sich die anderen um die Rollen reißen, gehe ich auf Tauchstation.

„Haben jetzt alle eine Aufgabe?“ Herr Frohwerk beginnt, seine Unterlagen auf dem Lehrerpult zu stapeln.

„Flo noch nicht!“ Julias langer Zeigefinger zerdrückt mich wie eine Stubenfliege.

Herr Frohwerk sieht mich überrascht an. „Warum hast du dich nicht gemeldet, Flora?“

„Sie braucht eine Extraeinladung“, schießt Julia ihren Giftpfeil ab.

„Blöde Kuh“, knurre ich leise und dann betont gleichgültig: „Was ist denn noch übrig?“

Mein Deutschlehrer durchwühlt seine Papiere, bis sich sein Gesicht aufhellt.

„Das passt doch wunderbar“, murmelt er und verkündet mein Todesurteil: „Du spielst einen der magischen Bäume. Zusammen mit Maik und Toby.“ Herr Frohwerk klatscht in die Hände und streicht zufrieden seine wuscheligen grauen Haare zurück.

„Muss das sein?“, frage ich schockiert.

„Es ist eine bedeutende Rolle“, erklärt Herr Frohwerk, „auch wenn einige von euch jetzt lachen.“

Einige? Alle!

„Wir stehen bedeutungsvoll rum“, ruft Maik in die Runde.

„Ihr seid magisch“, betont Herr Frohwerk. „Ihr drückt mit Körperhaltungen und Bewegungen den Seelenzustand der Figuren aus. Ihr spiegelt ihre Emotionen wider. Natur und menschliches Schicksal sind eng miteinander verflochten. Ein dritter magischer Baum ist hervorragend.“

„Ich möchte lieber nicht ...“, setze ich zum Widerspruch an, aber Herr Frohwerk schneidet mir das Wort ab.

„Ihr werdet das toll machen.“ Er hält den Daumen hoch.

Bevor Julia ein Kanonenfeuer aus Spott und Hohn auf mich eröffnen kann, verschwinde ich mit dem Gongschlag aus der Aula in die grölende und rempelnde Schülermasse, die wie brodelnde Lava aus dem Gebäude strömt.

„Hey Flo, wann treffen wir uns zum Proben?“, ruft Maik zu mir herüber, während ich an meinem Fahrradschloss rüttele, das verdammt noch mal wieder klemmt. Maik stellt sich auf ein Bein und fuchtelt wild mit den Armen. „Kastanie im Sturm. Eine ausdrucksvolle Inszenierung.“

Vom Meister der Volldeppen, denke ich und ignoriere sein jämmerliches Schauspiel.

Toby flüstert Maik etwas ins Ohr und versucht ihn hinter sich herzuziehen. Vergeblich. Flüchtig schaut er zu mir her und verbirgt sich hinter Maiks schwankendem Rücken.

Ich sehe trotzdem nur dich. Weißt du das nicht?

Dann verliert Maik sein Gleichgewicht, gerät ins Straucheln und zerrt Toby johlend mit zu Boden.

Idiot.

Mein Fahrrad als Fluchtfahrzeug. Ich strample, bis mir vor Anstrengung übel wird. Ich rase durch die Grünanlage, immer am Bach entlang, an dessen Ufer das Springkraut in die Höhe ragt. Seine dicken prallen Schoten explodieren bei der kleinsten Berührung. Mit dem ausgestreckten Bein pflüge ich die Pflanzen um und löse kleine Feuerwerke aus Pflanzensamen aus. Je weiter ich fahre, desto menschenleerer wird es. Ich biege in einen Feldweg ein. Endlich. Wiesen, Bäume und Himmel, sonst nichts, sonst keiner. Ich stelle mein Fahrrad ab und lasse mich ins Gras fallen.

Mit ausgebreiteten Armen und Beinen liege ich da. Ein ausrangierter Hampelmann. Sofort erstürmen mich die ersten Ameisen. Ihr Kribbeln und Krabbeln kitzelt auf meinen nackten Armen. Wie lange muss ich stillhalten, bis Gras auf mir wächst? Die warmen Sonnenstrahlen machen mich schläfrig. Hinter meinen Augenlidern ein Farbenmeer aus Orange, Gelb und Grün. Das Summen der Bienen und das Zwitschern der Vögel, eine Hängematte aus Geräuschen. Ewig könnte ich daliegen, von der Sonne betäubt und besänftigt. Ich bin ein Erdhügel. Schaut nur, keine spielt den Erdhügel so überzeugend wie Flo. Besiedelt von Krabbeltieren. Doch die erbärmliche Wirklichkeit holt mich ein.

Ich kann unmöglich ein Baum sein an Tobys Seite. Ich werde zittern wie Seegras im Wind.

Ich habe bereits das Sehen verlernt. Mühsam blinzeln meine Augen gegen das Flimmern der Sonne an. Ich ziehe meine Turnschuhe aus, nehme sie in die Hand und gehe barfuß auf dem groben Schotterweg weiter. Die spitzen Steine bohren sich in meine Fußsohlen.

Eine gute Meditationsübung, ich kann bei dem Schmerz an nichts anderes mehr denken. Nicht an Toby, nicht an demütigende Theaterrollen, nicht an den ganzen nervigen Kram. Ich fluche und schimpfe, während ich mich in Minischritten fortbewege und auf meine riesige Eiche zuhalte. Ihr Stamm ist gigantisch. Ich trete in meine Turnschuhe und ringe mich durch ein Dickicht von Brennnesseln zu ihr durch. Ihre Oberfläche ist rau und zerklüftet.

Ich drücke mich an den Stamm und umfasse die Eiche mit meinen Armen. Früher war mein Leben so. Unerschütterlich. Gleich muss ich heulen, was an Peinlichkeit nicht zu überbieten wäre. Gibt es etwas Jämmerlicheres als eine Vierzehnjährige, die einen Baum umarmt? Außerdem jucken die Brennnesselstiche. Unerträglich ist das.

Denen werde ich es zeigen.

Mein magischer Baum wird sie umhauen. Durch meinen Körper findet die Kraft und Anmut eines Jahrtausende alten Baumes Ausdruck.

Ich spiele sie alle an die Wand.

Beim Abendessen schieben Mama und ich uns wortlos die Butter und den Aufschnitt zu. Ich staple Käse, Tomate und Gurke zu einem mehrstöckigen Sandwich, zur Krönung verziert mit einer Haube aus dänischer Remouladensoße und Röstzwiebeln. Mama lehnt sich zurück und beobachtet, wie ich mich durch den Remouladenberg kämpfe.

Ein beachtlicher gelber Klecks Remoulade rutscht gemächlich am Reißverschluss meiner XXL-Kapuzenjacke entlang. Schnell lecke ich den Ausreißer ab. Mama seufzt.

„Na und, ist doch meine Jacke", kriegt sie zu hören.

„Ich besuche ab nächste Woche ein Seminar, Flo."

„Aha."

„Montags und donnerstags. Immer abends für zwei Stunden."

„Cool."

„Interessiert dich nicht, was für eins?"

„Doch. Erzähl schon."

„Positives Selbstmarketing."

Ich verziehe das Gesicht. „Klingt furchtbar. Was soll das sein?"

„Ziele durch selbstbewusstes Auftreten erreichen. Sozusagen in eigener Sache die Werbetrommel rühren."

„Selbstbewusstes Auftreten? Echt jetzt? Für einen Erwachsenen?"

Mama dreht ihre Tasse in den Händen und stiert in den Tee wie in eine Wahrsagerkugel. „Ich möchte mich verändern. Dinge anders angehen. Mal was Neues probieren."

„Verändern", wiederhole ich abfällig.

Veränderungen verschlechtern dein Leben, deshalb sind sie unbedingt zu vermeiden. Da ist zum einen die widerliche Periode. Seitdem trage ich Monstereinlagen in meiner Unterhose und stakse umher wie ein Cowboy mit Muskelkater. Ekelig, diese Blutsache. Außerdem hasse ich meine Brüste, ich will keine, deshalb. Als Papa sich verändern wollte, ist er gleich ausgezogen. Von der gelben Maria und ihrem Löwenlachen ganz zu schweigen, sonst kotze ich.

„Muss das sein?", stöhnt Mama, als der Remouladenberg samt Käse, Tomate und Gurke endgültig umstürzt und ich nur noch den Toast in der Hand halte.

„Veränderungen sind scheiße. Lass das."

Mama legt die Stirn in Falten und verschränkt die Arme vor der Brust. „Das musst du mir erklären."

„Ist doch okay so, wie es ist. Außerdem, wenn du die Werbetrommel rührst", ich schnaube abfällig bei der Vorstellung, „lockst du mit deinem Rumgetrommel vielleicht Mörder an oder Heiratsschwindler."

Mama lacht. „Heiratsschwindler? Nicht dein Ernst. Was soll der denn bei mir erschwindeln?"

„Und Mörder schockiert dich nicht? Du bist schräg drauf."

Mama zuckt mit den Schultern. „Es bleibt dabei, montags und donnerstags."

„Das haben wir noch nicht ausdiskutiert, Fräuleinchen", brülle ich sie an. Ich bin so was von genervt von diesem Remouladenschlachtfeld.

MONTAG: 7. MAI

Nach der letzten Unterrichtsstunde schleppe ich mich zur Theaterprobe. Je näher ich der Aula komme, desto schwerer werden meine Beine. Mein Fluchtinstinkt wächst. Herr Frohwerk kommt mir entgegen und drückt mir einen Zettel in die Hand. Die Käfigtür fällt endgültig hinter mir zu. Ich quetsche mich an den äußersten Rand der hinteren Sitzreihe und lasse meine Tasche zu Boden fallen.

„Eure Termine", erklärt Herr Frohwerk und wedelt mit einem Zettel in der Luft herum. „Dem Zeitplan könnt ihr entnehmen, für wann welche Proben angesetzt sind. Das bedeutet für euch, die jeweiligen Texte termingerecht auswendig zu lernen. Ich erwarte von euch auch, Gestik, Mimik und Betonung einzustudieren. Kommt doch bitte alle in die ersten Reihen. Ich möchte nicht den Rest der Stunde schreien müssen."

Widerwillig schiebe ich mich weiter nach vorne, ein Platz in der Mitte ist definitiv die Schmerzgrenze. Ich setze mich neben Liv.

Liv ist eindeutig seltsam. Sie kichert ohne ersichtlichen Grund. Außerdem streicht sie ständig über ihre Hefte und Zettel. Wahrscheinlich, damit sie schön glatt und knitterfrei bleiben. Oder sie sieht kleine Zwerge darauf herumlaufen und versucht sie zu verscheuchen. Der Gedanke gefällt mir. Zwerge hat schließlich nicht jeder. Grußlos lasse ich mich neben ihr auf den Stuhl fallen und beobachte aus den Augenwinkeln, wie sie den Zettel von Herrn Frohwerk sorgfältig abheftet. Sie tut es schon wieder, die Sache mit dem Glattstreichen. Ich sehe die aufgescheuchten panischen Heinzelmännchen auf Herrn Frohwerks Terminen umherlaufen. Unwillkürlich muss ich grinsen. In dem Moment schaut Liv mich an. Sie lächelt.

„Was hast du eigentlich gegen Zwerge?“, frage ich sie.

Liv schiebt ihre Brille die Nase hoch und überlegt. „Nichts. Absolut nichts. Aber danke, dass du gefragt hast.“

Liv spinnt total.

„Beeilt euch bitte, unsere Zeit ist begrenzt!“ Herr Frohwerk schiebt Toby, der zu spät gekommen ist und orientierungslos im Gang steht, kurz entschlossen in meine Reihe. Genau neben mich. Panisch drehe ich ihm den Rücken zu. Vor mir die irre Liv, hinter mir Toby. Ich rücke Liv so nah auf die Pelle, dass ich in ihre Ohrmuschel reinglotzen kann. Hinter mir spüre ich die Anwesenheit tiefblauer Augen und dichter dunkelbrauner Locken. Ich kriege eine Gänsehaut und meine Hände schwitzen. Wie lange kann ich ihm noch mein Hinterteil hinhalten, bis es vollkommen gaga wirkt?

„Wollen wir nach der Schule ein Eis essen gehen?“, höre ich mich plötzlich in die Ohrmuschel reinfragen.

„Gerne!“ Liv scheint nicht überrascht über meinen Vorschlag. Wenn sie doch nur mit mir quatschen würde, damit Toby sieht, wie busy ich bin. Aber Liv blättert eifrig durch ihre Unterlagen und schweigt.

„Lass uns am Haupteingang treffen, ich muss vorher auf die Toilette."

Liv nickt. „Ich warte!"

„Eisdiele", erinnere ich sie.

Liv sieht mich an. „Ja, Eisdiele." Sie sagt es überdeutlich wie zu einer Gehirnamputierten.

Ich lache laut, damit Toby weiß, wie viel Spaß Liv und ich haben.

Liv schiebt erneut die Brille hoch und mustert mich, als würde sie mich zum ersten Mal sehen. Dann grinst sie. Mit so einem wissenden Grinsen, als hätte sie meine Schädeldecke hochgeklappt und in meinen Gehirnwindungen gelesen wie in einem verdammten Tagebuch. Ich drehe mich demonstrativ weg, damit sie nicht zu zutraulich wird, die verrückte Zwergenjägerin.

Toby knüllt einen Zettel zusammen, reißt den Arm hoch und wirft die Papierkugel in Maiks Richtung. Volltreffer am Rücken. Maik hebt das Wurfgeschoss auf, rollt das Papier in den Händen wie einen Schneeball und feuert es haarscharf an seinem Sitznachbarn vorbei auf Toby zu. Der duckt sich und ich stehe direkt im Zielfeuer. Die Papierkugel trifft genau zwischen meine blöd dreinblickenden Kuhaugen.

„Sehr komisch", gifte ich.

„Sorry!", sagt Toby. „Hat es wehgetan?"

„Hat es wehgetan", äffe ich ihn nach. „Spielt euern Kinderkram im Sandkasten. Okay?"

„War doch nur ein Versehen. Krieg dich mal wieder ein."

Wie zwei Kampfhähne recken wir uns voreinander in die Höhe, dabei spielt mein Herz Geige, ich bin ganz voll davon. Wir führen ein richtiges Gespräch! Meine Freude darüber wird allerdings schnell gedämpft. Liegt vielleicht daran, dass ich es mit einem abfälligen „Schwachkopf" beende und er mir ein verächtliches „Ziege" hinwirft. Ich stürze mich kopfüber in das Innere meiner Schultasche, krame planlos zwischen Heften, Büchern, Federmappe und zwei alten, übelriechenden Schulbroten, damit er nicht meinen roten Kopf bemerkt. Bereits eine Ewigkeit wühle ich nach dem Nichts, als sich eine vertraute Stimme über meinem gebeugten Körper zu Wort meldet.

„Hä?", erwidere ich, benommen von den Ausdünstungen gammliger Leberwurst.

„Ob du was verloren hast?", wiederholt Liv.

„Nein, also ja ...", stottere ich von unten und traue mich wieder aus der Versenkung hervor. „Mein Schlüssel!", fällt mir ein. „Mein Haustürschlüssel, aber ich glaube, ich habe ihn in der Jackentasche." Zum Beweis rüttele ich an meinem Parka. „Ah ja, da klappert er!"

„Sei froh, verlorene Schlüssel sind immer einer Katastrophe und sorgen für einen mordsmäßigen Wirbel. Schlimmstenfalls muss das Türschloss ausgetauscht werden, damit nicht jemand in aller Seelenruhe mit deinem Schlüssel ins Haus marschiert und die Einrichtung mitgehen lässt."

Seit wann redet Liv so viel? Oh Mann, habe *ich* das ausgelöst?

Wie bei Dornröschen, nur nicht mit wach küssen, sondern mit ansprechen. Außerdem: wer bitte schön sagt *schlimmstenfalls*?

Liv kichert albern.

„Was ist?“, frage ich gereizt.

„Habe gerade an Hokus und Pokus denken müssen.“

Hokus und Pokus sind wahrscheinlich ihre batteriebetriebenen Rauhaardackel, die auf Knopfdruck bellen und das Beinchen heben.

Toby hat in der Zwischenzeit seine Kopfhörer aufgesetzt und von dem schwachsinnigen Gespräch Gott sei Dank nichts mitbekommen.

Herr Frohwerk reibt sich die Hände. „Dann wollen wir mal gemeinsam den Terminplan durchgehen!“, ruft er gegen eine Wand aus Geplapper und Gelächter an.

„Was ist denn mit den tragischen Bäumen!“, ruft Maik. „Wir kommen überhaupt nicht vor auf Ihrem Plan.“ Er verzieht sein Gesicht zu einem überdimensionalen Grinsen. „Sie lassen mein junges Schauspieltalent verkümmern!“

Alle lachen, auch Herr Frohwerk.

„Zum einen handelt es sich um *magische* Bäume. Wenn du einen tragischen Baum spielen willst, führen wir nächstes Jahr ein Stück zum Waldsterben auf.“

Wieder Gelächter.

„Zum anderen ...“, er erhebt die Stimme, um sich gegen die Geräuschkulisse durchzusetzen, „zum anderen haben natürlich auch unsere Bäume einen Text, einen Geräusch- und Bewegungstext. Im Stück kommen zwei Sturmszenen vor, in denen sich die Bäume im peitschenden Wind biegen. Das Rauschen der Blätter und das Ächzen des Holzes symbolisieren das sich ankündigende Verhängnis." Er winkt Maik zu sich. „Komm hoch zu mir und demonstriere uns deinen schauspielerischen Einfallsreichtum."

Unter Applaus und Gejohle stolziert Maik auf die Bühne und verbeugt sich vor seinem Publikum.

„Nicht doch, nicht doch!", wehrt er ab.

Dem ist echt nichts zu peinlich!

„Stell dich bitte mitten auf die Bühne, damit dich deine Mitschülerinnen und Mitschüler gut sehen können", gibt Herr Frohwerk die Regieanweisung. „Ihr müsst euch den Zuschauern zuwenden. Ihr spielt schließlich für das Publikum. Dann zeig mal, was du kannst, Maik!"

Maik verdeckt sein Gesicht mit den Händen, den Kopf hält er gesenkt. Eine Geste, in der er sekundenlang ausharrt. Die Ersten prusten los. Plötzlich dreht Maik sich im Kreis, schneller, immer schneller, die Arme kreisend, ein Wirbelsturm. Dann lässt er sich bäuchlings auf den Boden fallen, krümmt und streckt sich, bis er bewegungslos liegen bleibt. Langsam hebt er den Kopf empor, kommt wieder auf die Beine, schunkelt hin und her, leise Laute von sich gebend, die zu einem schrägen Gesang anschwellen. Ziemlich durchgeknallt.

Ein tosender Beifallssturm erhebt sich, einige stehen auf, es wird auf den Fingern gepfiffen und mit den Füßen getrampelt.

Einstimmig wird eine Zugabe gefordert. Selbst Liv neben mir dreht vollkommen durch und klatscht wie eine Wahnsinnige. Ich verschränke die Arme vor der Brust und ziehe abfällig die Augenbrauen hoch. Maik verteilt Handküsse. Krähe hat Maiks Auftritt mit dem Smartphone aufgenommen. Eine Traube von Schülern versammelt sich über dem kleinen Display, mittendrin Julia. Aufgeregt flattert sie umher, hält das Smartphone in die Luft, auf dem der Film über Maik abläuft. Wenn sie noch einmal „krass“ ruft, stopfe ich ihr meine alten stinkenden Brote ins Maul.

Unser Deutschlehrer hat seine liebe Mühe, sich Gehör zu verschaffen. „Ich kann euch nur recht geben“, schreit er. „Das war eine beachtliche Inszenierung. Trotzdem beruhigt euch bitte. Maik, Respekt, du bist eine vielversprechende Neuentdeckung für das moderne Ballett.“

Maik versucht sogleich, sich auf die Spitzen seiner Turnschuhe zu stellen.

„Nein, nein, jetzt ist Schluss.“ Herr Frohwerk winkt ab. „Maik, deine Inszenierung war leidenschaftlich und engagiert, aber jetzt schalte mal einen Gang runter. Sonst befürchte ich, dass deine Baumdarstellung die Hauptrollen an die Wand spielt. Toby, Flora, kommt doch bitte auch nach vorne und unterstützt euren Kollegen.“

Manchmal glaubt man, bis zum Hals im Unglück zu versinken und nichts könne den Zustand des Elends steigern, bis selbst das letzte Körnchen Überlebenswille schamlos niedergetreten wird.

„Du bist dran“, raunt Liv mir überflüssigerweise zu.

„Ich bin nicht taub“, zische ich zurück.

Wie in Trance trotte ich hinter Toby auf die Bühne. Als er sich zu mir umblickt, sehe ich das Entsetzen in den schönsten blauen Augen der Welt. Der Einzige, der sich freut wie ein Schneekönig, ist Maik. Übermütig boxt er uns zur Begrüßung gegen die Schulter.

„Lass das“, fauche ich, während ich lächle. Alles fürs Publikum.

Herr Frohwerk schiebt uns über die Bühne wie Spielfiguren. „Die Lady in die Mitte“, beschließt er. „Und nun steigt hinab in die Tiefen eures Herzens. Erspürt das grausame Schicksal der Helden. Drückt es durch eure Bewegungen aus.“

In den Tiefen meines Herzens finde ich Schwarz, Kotzgrün und Panikrot. Ich linse zu Toby hinüber, der mich verzweifelt anstarrt. Maik strahlt.

„Es geht um Leben und Tod ...“, raunt Herr Frohwerk, um uns in Stimmung zu bringen. Da täuscht er sich gewaltig. Hier geht es ausschließlich um Tod.

Als Maik seine Arme umherwirbelt, machen Toby und ich es ihm nach. Dann geht er in die Knie und springt aus der Hocke in die Luft. Echt jetzt? Widerwillig folge ich ihm. Ich schwitze in meinem Parka. Außerdem habe ich das Gefühl, auf einem Wasserbett zu springen. Die Lacher aus dem Publikum machen es nicht besser. Ich stelle mir vor, sie hätten feucht glänzende Schweineschnauzen und Ringelschwänze.

„Schließt eure Augen, um einen Zugang zu eurem Inneren zu finden“, fällt unserem Lehrer ein, der nicht müde wird, uns zu quälen. Ich höre Julias gehässiges Gelächter heraus. Ich verpasse ihr zusätzlich einen dicken speckigen Schweinehintern, in dem Messer und Gabel stecken wie im Schlaraffenland.

Das Erste, was ich sehe, als ich meine Augen wieder öffne, ist Liv. Sie winkt mir überschwänglich zu und hält den Daumen hoch.

Nach der Theaterprobe stürme ich auf die Mädchentoilette und schließe mich in einer der Kabinen ein. Hier bin ich vorläufig in Sicherheit. Ich will nicht mit Liv in die Eisdiele gehen. Eher lecke ich den Türgriff ab. Irgendwann wird Liv die Warterei vor der Schule hoffentlich zu blöd und sie haut ab. In der Zwischenzeit vergnüge ich mich mit der hohen Literatur an den Klowänden. *Karl ist ein Asch.* Soll wohl *Arsch* heißen. Armselig.

Die Tür zum Waschraum wird aufgerissen. Worte purzeln durcheinander, ein unverständliches Knäuel aus Satzfetzen, unterbrochen von Lachanfällen. Die ätzenden Stimmen kenne ich. Julia und ihre beste Freundin Tessa.

„Das hättest du sehen müssen, es war zum Brüllen komisch. Oh mein Gott, wie sehen meine Haare nur aus!“

„Spinnst du, deine Haare sind völlig okay! Ich wäre froh, wenn ich so dicke hätte. Meine sind irgendwie total fusselig.“

„Jetzt spinnst *du* aber total! Ich hab mich wirklich weggeschmissen. Magische Bäume, mal ehrlich, gibt es etwas Erbärmlicheres? Eher würde ich meine eigene Pisse trinken, bevor ich mich so zum Narren mache!“

„Iiiih, du bist ekelig, Julia! Hast du deine Bürste dabei? Dafür wäre ich auch echt zu stolz ... Oder soll ich mir einen Zopf machen, so irgendwie?“

„Ich musste nicht unbedingt die Hauptrolle haben, ich habe es wirklich nicht darauf angelegt, aber eine Sprechrolle ist doch das Mindeste, oder? Ich meine, Grünzeug spielt man im Kindergarten. Trag die Haare lieber offen, der Zopf macht dich superjung. Gib mir mal deinen Concealer, ich hab voll die Augenringe. Welche Farbe wohl Maiks Schamhaar hat? Rot ... wie das Haar auf seinem Kopf?“

Ein lauter Aufschrei zerschneidet die Luft, dann atemloses, wahnsinniges Gelächter.

„Ich mach mir gleich in die Hose“, winselt Tessa. „Hör bloß auf, sonst kann ich für nichts mehr garantieren.“

Erneut fliegt die Tür auf und die Geräusche vom Schulflur dringen herein.

„Habt ihr Flora gesehen?“

Ich zucke unwillkürlich zusammen. Liv!

„Keine Ahnung, wo die steckt!“, antwortet Tessa.

„Wer ist Flora?“, fragt Julia abfällig.

„Flo!“, erklärt Liv. „Du wirst Flo doch kennen oder leidest du unter akutem Gedächtnisschwund. Wenn ihr sie seht, sagt ihr, dass ich vor der Schule auf sie warte. Wie verabredet.“

„Jaja, und jetzt Tür zu.“

Für einen Moment wird es wieder still. Liv scheint abgehauen zu sein.

„Wie verabredet, blablabla ...“, höre ich Julia anschließend. „Na, da haben sich ja zwei Loser gesucht und gefunden.“

„Gib's zu, du bist neidisch auf Flo!“

„Wie kommst du denn darauf? Auf was soll ich denn bei der eifersüchtig sein? Auf den ausgefallenen Schlabberlook?“

„Ich meine ja nur, weil sie mit Maik zusammen ihre Rolle einstudiert. Vielleicht proben sie sogar bei ihm zu Hause!“

„Spinnst du! Mir doch egal, wo die sich treffen und proben. Eifersüchtig auf Flo! Du bist echt bescheuert.“

„Krieg dich wieder ein. Du bist viel hübscher und überhaupt!“

„Spar dir solche Sprüche in Zukunft, sonst werde ich echt sauer. Lass uns gehen“, drängt Julia schließlich. „Mir ist schon ganz übel von dem Klogestank.“

Dann Türklappern. Erleichtert erhebe ich mich aus meiner unbequemen Sitzposition, recke und strecke meine eingeschlafenen Gliedmaßen. Das Supergirl Julia ist verknallt in den Oberdeppen Maik. Unglaublich!

Mein Plan ist aufgegangen, Liv ist weit und breit nicht zu sehen. Ich atme erleichtert aus.

„Hast wohl Verstopfung, was?“

Überrascht schnelle ich herum. Liv!

„Jetzt aber los, sonst wird es mir zu spät. Du solltest deine Darmtätigkeit von einem Arzt untersuchen lassen. So lange braucht nicht mal mein Opa. Manchmal ist er aber auch nicht *schnell genug*." Sie blickt mich vielsagend an. „Du weißt, worauf ich hinauswill?"

„Ich glaube schon", erwidere ich schwach.

Während wir die Richtung zur Eisdiele einschlagen, versorgt mich Liv ungefragt mit unappetitlichen Details. Anschließend klärt sie mich darüber auf, dass ihr Opa Heinrich heißt, mit ihnen zusammen in einem Haus, aber in einer eigenen Wohnung wohnt, dass es unterschiedliche Windelhosen für Erwachsene gibt und Livs Vater ein Sanitätshaus in der Stadt besitzt, weshalb er die Windelhosen für den Opa Heinrich günstiger bekommt.

„Familie kann ziemlich anstrengend sein!", schließt Liv ihren Monolog mit einem Seufzer. „Was nimmst du?"

Ich zucke mit den Schultern und studiere konzentriert und ausgiebig die Eiskarte, um mich von der Labertasche neben mir zu erholen. Am Ende läuft es wie immer auf Pistazie hinaus. Wir schlendern mit unserem Eis zu einer Parkbank.

„Und bei dir?"

„Was soll bei mir sein?", antworte ich träge.

„Eltern?"

„Tragen keine Windeln."

Liv lacht. „Du bist witzig."

Nicht unbedingt ein Kompliment, wenn es von einer Irren kommt.

Sie schiebt ihre Brille hoch und stiert mich an. „Verstehst du dich mit ihnen?"

Ich zucke mit den Schultern. „Geht so."

Damit Liv mit ihrem Verhör aufhört, werfe ich ihr etwas Futter hin. Vorher gibt sie eh keine Ruhe. „Ich lebe mit meiner Mutter zusammen. An den Wochenenden bin ich oft bei meinem Vater. Das Übliche halt."

„Oh, geschieden!" Liv nickt nachdenklich.

Wie nervig sie ist!

„Lass mich raten, deine Mutter hatte einen Geliebten?"

Ich reagiere nicht.

„Nicht? Dann hat dein Vater eine Neue! Was für eine Erniedrigung, oder? Würde mich jemand wegen einer anderen sitzen lassen ..." Liv würgt den Hals des Verräters und gibt ihm anschließend einen Tritt.

„Und was machst du mit der Neuen?", will ich wissen.

„Oha", ruft Liv aus und macht eine Faust.

„Fresse polieren?" Ich muss grinsen.

„Mindestens", meint Liv bitterernst.

Ich höre mich sagen: „Papas Neue hat unglaublich gelbe krause Haare und reißt beim Lachen den Mund weit auf. Wie eine Löwin."

„Ehrlich? Das klingt furchtbar!"

„Ist es!"

Das war eindeutig zu viel Text, mehr als ich geplant hatte.

„Jetzt kann ich verstehen, warum du oft so finster dreinschaust", sagt Liv mit schräg gelegtem Kopf und so einem Mitleidston in der Stimme. „So, ich muss Hokus und Pokus füttern. Das nächste Mal treffen wir uns bei mir.“ Dann rauscht sie ab.

Seit über vier Jahren gehe ich mit Liv in eine Klasse, in dieser ganzen Zeit habe ich sie nicht so viel reden hören wie heute innerhalb der letzten halben Stunde. Niemals besuche ich diese Irre bei ihr zuhause. Niemals.

SAMSTAG: 12. MAI

Am Morgen wache ich schlecht gelaunt auf. So beginnen die besten Tage, oder? Heute soll ich Papas neue Wohnung kennenlernen. Ich hasse sie bereits jetzt.

„War das Frühstücksei nicht bio?", frage ich Mama gereizt.

„Doch, wieso?"

„Mir ist kotzübel. Als wenn das Ei von einem gequälten, zerrupften Huhn kommt, das noch nie Gras und Himmel gesehen hat." Ich knalle in der Küche mit den Schubladen und trinke an der Spüle Wasser aus dem Hahn, während ich Würggeräusche mache.

„Es wird schon nicht so schlimm werden", sagt Mama.

„Wovon sprichst du?", blaffe ich sie an. Dann darf sie mich in den Arm nehmen. Ohne Worte natürlich, sonst würde ich Feuer spucken und die Wohnung in Schutt und Asche legen. Mama ist schlau genug, das nicht zu riskieren.

Als es schellt, werfe ich mir den Rucksack über und verlasse zähneknirschend die Wohnung.

„Mir ist schlecht", begrüße ich Papa, der mir die Beifahrertür seines Wagens aufhält.

„Darf ich bitten, die Dame!", antwortet er bloß.

Ich rolle mit den Augen.

„Schicke Mütze“, startet Papa während der Fahrt einen Gesprächsversuch.

„Haha“, erwidere ich nur. Unter der Mütze ist es heiß und kratzig. Ich trage sie nur, um die Pickel auf meiner Stirn zu verdecken.

Je näher wir seiner neuen Wohnung kommen, desto elender wird mir. Ich mochte sein altes Mini-Appartement. Es war kein richtiges Zuhause, eher ein Hamsterkäfig. Richtig so, er hat es nicht anders verdient. Ich starre stumm wie ein Fisch aus dem Seitenfenster. Morgen Nachmittag ist all das endlich vorbei.

Papa fährt in Millimeterarbeit rückwärts in eine winzige Parklücke. Das Aussteigen wird zur Zirkusnummer, wir schlängeln uns wie Bauchtänzerinnen vorsichtig aus den schmalen Türspalten.

„Dort drüben!“ Papa deutet auf einen weinrot gestrichenen Altbau mit hohen Fenstern. „Drittes Stockwerk links.“

Aus den Augenwinkeln zähle ich die Etagen ab. Sandfarbene Vorhänge und Blumen auf der Fensterbank. Papas Wohnung wird auf den Hinterhof und nicht auf die Straße hinausgehen. An seinem Fenster hängen unmöglich Gardinen, geschweige denn steht etwas Blühendes auf dem Fensterbrett. Wahrscheinlich müssen wir auf Getränkekisten sitzen und auf kahle Wände glotzen.

Zwischen den Klingelschildern entdecke ich seinen Namen. Mit Edding auf Kreppband geschrieben und behelfsweise über das darunter liegende Schild geklebt. So einfach ist das also mit dem neuen Leben.

Im Treppenhaus hängt der Geruch aufdringlicher Zitronenfrische. Meine Übelkeit wächst. Dann stehen wir vor Papas Wohnungstür.

Er stößt sie feierlich auf, wie früher zur Weihnachtszeit die Wohnzimmertür, nur dass mich jetzt kein beleuchteter Weihnachtsbaum mit Geschenken erwartet. Aber die Überraschung gelingt trotzdem.

„Nur nicht so schüchtern. Komm herein, Flo!"

Ungläubig trete ich näher. Papa schließt hinter mir die Wohnungstür. Das Geräusch lässt mich zusammenzucken.

„Ich bin noch nicht komplett eingerichtet, hier und da ist noch was zu machen, wie du siehst. Aber es wird." Papa lässt sich auf ein rotes Sofa mit geblümten Kissen fallen. Er streckt die Beine lang vor sich aus und strahlt mich an. „Wirf deine Sachen einfach in die Ecke, Flo. Fühl dich wie daheim."

Ich klammere mich mit beiden Händen an den Gurten meines Rucksacks fest. Langsam gehe ich Richtung Fenster. Ich schaue von dort auf sein Auto hinunter. Vorbei an Topfblumen und sandfarbenen Gardinen. Während Papa erzählt, mich auf dies und das aufmerksam macht, rauschen seine Worte unverstanden durch mich hindurch. Erst als er plötzlich neben mir steht und mich mit sanftem Druck zum Sofa schiebt, begreife ich, was ich hier tatsächlich sehe. Wie Schuppen fällt es mir von den Augen.

„Sie wohnt auch hier! Ist es am Ende noch ihre verdammte Bude?", flüstere ich mit gepresster Stimme.

„Es ist meine Wohnung, Flo“, antwortet Papa überrascht. „Und ich wohne hier alleine.“

„Ich glaube dir kein Wort!“, fahre ich ihn an. „Du hast mich in die Falle gelockt, mich in diese Wohnung geschleppt, in der ihr kompletter verdammter Krempel rumsteht. Die Bilder, der ganze Dekoscheiß. Und dann die vielen Zimmerpflanzen. Weißt du überhaupt, wo man die kaufen kann?“

„Jetzt wirst du gemein.“

„Na und! Nicht gemeiner, als von seinem eigenen Vater verarscht zu werden!“

„Es reicht, Flo!“

„Bring mich auf der Stelle nach Hause, ich muss mich sonst übergeben!“ Meine Stimme ist ruhig und nachdrücklich, damit Papa kapiert, wie ernst es mir ist.

„Ich denke nicht dran“, sagt der lediglich und geht in einen angrenzenden Raum.

„Hast du nicht verstanden, was ich gesagt habe?“ Ich renne hinter ihm her, versuche ihn am Ärmel festzuhalten. Doch Papa schüttelt mich ab.

„Hier, ich habe für dich ein Schlafsofa gekauft. 1,60 breit, falls du mal eine Freundin über Nacht mitbringen willst. Dann habt ihr auf alle Fälle genug Platz.“

Erstens habe ich keine Freundin, zweitens würde ich, wenn ich eine hätte, sie bestimmt nicht hier mit herbringen und drittens ... drittens habe ich selbst nicht vor, jemals in diesem Bett zu schlafen.

Ich blicke mich in dem Zimmer um, erkenne das Bücherregal wieder, das in Papas altem Arbeitszimmer einen hellen Fleck an der Wand zurückgelassen hat.

„Wo ist der Sessel geblieben? Der Ledersessel."

„Ach der!" Papa winkt ab. „Der war doch total hinüber."

„Ich fand ihn noch gut!"

„Flo, lass uns nicht streiten. Ich möchte einfach nur ein schönes Wochenende mit dir verbringen."

Einfach nur? Einfach nur geht hier gar nichts. Bevor ich ihm all das unter die Nase reiben kann, entwaffnet Papa mich mit einer Umarmung. Durch sein dünnes Hemd spüre ich seine Körperwärme, höre den rhythmischen Schlag seines Herzens. Ich liebe seinen Geruch, es ist der gleiche wie früher. Ich atme ihn tief ein. Dann kommt die Kotze in einem großen Schwall.

Papa hat die Sauerei weggemacht. Ich sitze unter einer Decke auf dem Sofa und nippe an einer Tasse Kamillentee. Er sieht bedröppelt aus, fast so, als hätte er selbst alles vollgereihert.

„Geht's dir schon etwas besser?"

„Alles bestens", kann ich ihn beruhigen. „Mein Magen ist leer, du hast nichts mehr zu befürchten. Außerdem habe ich Hunger."

Wir grinsen uns an. Papa macht aus seiner Erleichterung kein Geheimnis.

„Dann lass uns kochen. Wir beide zusammen."

„Kannst du das denn?"

„Warum nicht?"

„Weil du das nie machst, deshalb."

In dem Appartement vorher gab es nur eine winzige Kochzeile, die taugte höchstens, um sich eine Dose Ravioli aufzuwärmen oder eine Pizza in den Ofen zu schieben, was wir dann auch meistens gemacht haben.

Heute gibt es Tagliatelle mit Gemüsesoße und Parmesan. Papas Küche ziert eine nagelneue Kochbuchreihe, er wolle sich ganz und gar der Kunst der Nahrungszubereitung zuwenden. Das klingt nach Versuchslabor und kochen in Reagenzgläsern. Wir stecken unsere Köpfe zusammen und studieren das Rezept. Während ich die nötigen Zutaten vorlese, trägt Papa sie zusammen. Anschließend putzen und schneiden wir Tomaten, Paprika und Zucchini und streiten darum, wer die Zwiebel würfeln muss.

Wir haben noch nie gemeinsam gekocht. Das fühlt sich sonderbar an. Als würde man in einem Haus, von dem man glaubt, es in- und auswendig zu kennen, unerwartet einen geheimen Ort entdecken. Heimlich beobachte ich Papa, der tief über das Rezeptbuch gebeugt die einzelnen Zubereitungsschritte liest, dabei mit dem rechten Zeigefinger langsam die Zeilen entlangfährt. Ich frage mich, ob es möglich ist, einen Menschen nicht richtig zu kennen, obwohl man sein ganzes Leben mit ihm verbracht hat. Ich bin froh, die Zwiebel schälen zu müssen. Die Tränen fließen warm über mein Gesicht.

Beim Abendessen reden wir über Belangloses. Wir mustern uns aus den Augenwinkeln, grinsen verlegen, wenn wir uns dabei erwischen. Papa hat das Schlafsofa ausgezogen und für mich ein Oberbett herausgelegt. Ich liege wach. Durch die Schlitze der

Jalousien fällt das Licht der Straßenbeleuchtung, die Umrisse der Möbel zeichnen sich deutlich ab. Möbelstücke aus unserem alten Zuhause. Sie sind hier genauso falsch wie ich. Ich denke an Toby. Der Gedanke an ihn wirft mir einen Rettungsring zu. Allein bei der Vorstellung seiner wilden Locken muss ich schon grinsen. Ich stecke meine Nase in das Kissen und drücke einen Kuss darauf. In dem Moment fallen mir Livs Zwerge ein. Als ich den Kopf hebe, sehe ich sie. Sie sitzen auf dem Fensterbrett und winken mir zu. Okay, ich sollte damit aufhören. Plötzlich kommt mir eine Idee. Ich krabbele aus dem Bett und taste mich an den Hindernissen vorbei zur Wand. Vorsichtig lasse ich meine Fingerspitzen über das Seitenbrett des Bücherschranks gleiten. Immer wieder fahren meine Hände über das glatte Holz, ohne das Gesuchte zu ertasten. Damals war ich sechs Jahre alt. Ich gehe in die Hocke, fühle erneut die Oberfläche ab.

Da ist sie, meine Initiale. F. Ich habe als Kind den Buchstaben mit der Spitze eines Messers in das massive Holz gekratzt. Niemals zuvor habe ich Papa so außer sich gesehen. Das Autogramm auf seinem neu erstandenen Möbel verursachte ihm solche Schmerzen, als hätte ich den Buchstaben direkt in seine Haut gemeißelt. Ich möchte es ansehen, dieses wichtige Dokument unserer Familiengeschichte, hangele mich an dem Kabel der Schreibtischlampe entlang, bis ich den Schalter zu fassen bekomme. Der kleine Lichtkegel reicht gerade aus, um die Konturen meines Frühwerks ausreichend zu beleuchten. Ich spüre es in meinen Fingerspitzen kribbeln. Ich durchwühle

Papas Schreibtischschublade auf der Suche nach einem spitzen Gegenstand. Ein Korkenzieher. Perfekt! Ich setze mich im Schneidersitz vor das Regal und bringe das zu Ende, was ich vor acht Jahren begonnen habe. Es fühlt sich erhaben an, als säßen die kleine Flo und ich nebeneinander und vervollständigten mein Leben. Zu dem einsamen F gesellt sich ein + T. Jetzt ist es endgültig, jetzt ist es für immer. Mein Herz schlägt schneller, als applaudiere es mir zu der Entscheidung.

„Flo und Toby forever", flüstere ich und lasse die Fingerspitzen über das in Holz geritzte Versprechen gleiten. Keine Veränderung der Welt kann mir mehr etwas anhaben, solange wir zusammengehören.

MONTAG: 14. MAI

„Hi Flo!“ Liv hat sich von hinten zu mir durchgekämpft und lässt sich an meiner Seite vom Strom der Schüler in das Gebäudeinnere treiben. Ich konfrontiere sie mit einem aussagekräftigen Schweigen. An dem Mauerwerk meiner Wortlosigkeit zerschellt jeder Gesprächsversuch. Liv, die meine Grabesstille anscheinend nicht bemerkt, berichtet langweilige Details ihres noch langweiligeren Wochenendes.

Ihr Opa Heinrich habe doch tatsächlich sein Mittagessen aus dem Küchenfenster geworfen. Nur die Suppe, ohne den Teller. Gott sei Dank, denn unter dem Fenster habe die Mieterin aus dem Erdgeschoss gestanden und geraucht. Na, ich könne mir die Sauerei sicher lebhaft vorstellen. Die Zigarette wäre danach auf jeden Fall aus gewesen, die Suppe sei der Mieterin nämlich über den ganzen Kopf gelaufen. Möhrensuppe im Übrigen. Gesünder sei es allemal, nicht zu rauchen, und so hätte der Opa doch auf seine Weise Gesundheitsförderung betrieben.

Ich biege in die Mädchentoilette ab, auf die mir Liv entschlossen folgt.

Während ich in der Klokabine Zuflucht vor Livs verrückten Geschichten suche, lehnt sie von außen an meiner Tür und referiert über die Schlagkraft von Gemüse.

„Klar, wenn der Blumenkohl gekocht ist, würde er auf deinem Schädel sofort zerplatzen, tut bestimmt nicht besonders weh. Aber wenn aus der dritten Etage ein harter Blumenkohl auf deinen Kopf fällt, dann hörst du die Vöglein trillern. Stell dir mal vor, du stehst auf dem Bürgersteig und plötzlich regnet es Gulasch und Kartoffelbrei. Also eins weiß ich, vor den Fenstern eines Altenheims würde ich nicht rumlungern. Meine Mutter sagt, wir könnten froh sein, dass die Mieterin von einer Anzeige absieht. Aber wenn du mich fragst, hat die was zu verbergen. Dieser finstere Blick, seltsame Zigaretten raucht die auch. Keine Ahnung, wo man solche kaufen kann. Vermute, dass da was drin ist, Drogen und so."

Als ich die Klotür öffne, fällt Liv mir fast in die Arme.

„Hast du nichts gemacht? Ich hab die Klospülung gar nicht gehört."

„Echt jetzt?", zische ich sie an. Wenn ich diese Nervensäge nicht auf der Stelle stoppe, wird sie mich mein Leben lang verfolgen. Ich sehe gewichtige Etappen meines Lebens an mir vorbeiziehen, die schwatzende Liv unermüdlich an meiner Seite: der letzte Schultag, meine Premiere am Staatstheater als ganzer Wald, meine Exkursionen rund um die Welt, selbst auf meiner letzten weihevollen Reise in einem Sarg aus Elfenbein.

„Wenn du glaubst, meinen Leichnam mit deinen verrückten Geschichten belästigen zu können, dann hast du dich gehörig geschnitten", fauche ich. „Und im Übrigen: ja, ich habe *gemacht!*"

Die plötzlich einkehrende Ruhe beruhigt meine Nerven.

Während Liv mich anstarrt, als wären mir Hasenohren gewachsen, wasche ich meine Hände und trockne sie unter dem Heißluftapparat.

„Du hast echt eine Schraube locker!“, meint Liv schließlich.

„Das musst *du* gerade sagen“, antworte ich ihr durch den Spiegel. „Wer hat bei dir eigentlich den Stöpsel gezogen? Du quatschst ohne Unterlass. Sorry, aber dein seltsamer Opa interessiert mich nicht. Ich habe echt andere Probleme.“

Während ich innerlich triumphiere, schleicht sich gleichermaßen das ungute Gefühl ein, ein bisschen zu weit gegangen zu sein. Ein Blick auf Liv bestätigt meine Befürchtung. Hinter Livs Brillengläsern glotzen mich ihre feucht schimmernden Augen an. Mist.

„Hör mal, Liv. Ich hab's nicht so gemeint ... Ich bin es nicht gewohnt, dass mich jemand ins Vertrauen zieht, weißt du?“

„Kein Wunder“, murmelt Liv und reibt mit den Zeigefingern die Augen trocken, ohne dafür die Brille abzusetzen. Sieht aus wie bei einem Kleinkind. „Du verletzt die Menschen, die dich mögen ... absichtlich.“

Tief in den Bauch einatmen, eine brauchbare Methode, damit ich nicht zum zweiten Mal zu einem Schlag aushole. Ich atme also tief ein und aus, bevor ich Liv mit einem milden Lächeln versehe.

„Wie du meinst“, entgegne ich gnädig.

Der Schulgong ertönt zum zweiten Mal. Vom Schulflur sind Laufschritte und Gelächter zu hören.

„Wir müssen zurück."

Liv nickt. „Tut es dir leid?"

„Wenn du darauf bestehst ..."

„Unbedingt!"

„Okay, es tut mir leid. Zufrieden?"

„Morgen Nachmittag bei mir!", sagt Liv, dreht sich um und geht. Es klingt eher wie ein Befehl statt wie eine Einladung.

Was soll's. Wer weiß, ob sonst jemand zu meiner Beerdigung kommt.

DiENSTAG: 15. MAi

Hätte ich mich gestern nicht provozieren lassen, wäre mir dieser Besuch erspart geblieben. Ich würde es Liv zutrauen, mich mit Absicht so weit getrieben zu haben. Ich denke an eine dicke Stubenfliege, die mit Karacho in das fein gesponnene Netz einer heimtückischen Spinne hineinkracht, die sich schon ein Lätzchen umgebunden hat und Messer und Gabel in ihren acht Beinen bereithält. Klar, wer in diesem Szenario die Stubenfliege ist, oder?

Liv erwartet mich auf dem Treppenabsatz der zweiten Etage.

„Du bist pünktlich“, stellt sie anstelle einer Begrüßung fest. „Komm rein, aber zieh vorher die Schuhe aus.“

Gehorsam führe ich Livs Anweisungen aus.

„Bei der Bundeswehr würdest du bestimmt Karriere machen“, sage ich und stelle meine ausgelatschten Turnschuhe neben die Fußmatte.

„Immer geradeaus und dann rechts“, navigiert mich Liv durch die Wohnung. Geballer und Gefluche dringen aus einem der Zimmer. Liv tippt sich an die Stirn. „Mein bescheuerter Bruder Johannes. Er sitzt den ganzen Tag vor irgendwelchen dummen Computerspielen. Hier geht’s zu mir!“ Sie stößt eine Tür auf und schiebt mich in den Raum. „Setz dich einfach irgendwo hin, wo

Platz ist. Was willst du trinken? Wasser, Orangensaft, Apfelsaft …"

„Was ist das denn?" Ich deute mit vor Abscheu gekräuselter Nase auf das Terrarium.

„Leopardengeckos." Liv lässt sich auf ein blaues Zweiersofa fallen. „Hokus und Pokus, ich hab dir doch schon von ihnen erzählt."

„Ja, aber du hast nicht gesagt, dass es sich dabei um *so was* handelt."

„Was hast du denn gedacht? Hamster oder Meerschweinchen?", entrüstet sich Liv.

„Warum denn nicht? Oder ganz normale Hoppelhasen. Kein Mensch hält solche Viecher in seiner Wohnung."

„Leopardengeckos", wiederholt Liv. „Möchtest du mal einen nehmen?"

„Untersteh dich!"

Liv zuckt mit den Schultern. Misstrauisch stiere ich von der äußersten Kante des Sofas zu den beiden sonderbaren Kreaturen. Zwei Echsen in Leopardenkleidern. Oder zwei Leoparden in Echsengestalt?

„Leopardengeckos werden bis zu fünfzehn Jahre alt. Cool, oder?"

Die beiden Geckos haben sich der Länge nach vor der Scheibe ausgestreckt, nur ihre Köpfe bewegen sich ruckartig hin und her.

„Ja, sehr cool", antworte ich. „Gerne einen Apfelsaft, wenn das Angebot noch steht."

Liv schwirrt ab und ich kann in der Zwischenzeit in Ruhe ihr Spinnennetz abchecken. Gemütlich, abgesehen von den Mini-Leoparden in ihrem Glaskasten. An der Wand hängt ein Graffiti-Poster mit ihrem Namen. Geht so. Ich schaue mich in ihrem Bücherregal um. Wow, Liv steht auf Mangas. Während ich einen Band aus der Reihe ziehe, kommt Liv mit den Getränken zurück.

„Kennst du Hunter?", fragt sie mich mit Blick auf das Buch in meiner Hand.

„Na klar kenne ich Hunter. Hab monatelang nichts anderes gezeichnet."

„Ehrlich. Du zeichnest?" Liv ist übertrieben erstaunt. „Das wusste ich überhaupt nicht."

Ich spare mir einen Kommentar.

Widerwillig lasse ich mich neben ihr aufs Sofa plumpsen. Damit ich nicht reden muss, stopfe ich die Kekse in mich hinein, die Liv auf dem Tisch vor uns abgestellt hat.

„Hast du schon für deine Rolle geübt?"

Ich stöhne laut auf. „Jede Minute, die ich nicht an die unselige Theateraufführung denken muss, ist ein kostbares Geschenk."

„Mir macht es Spaß", sagt Liv.

„Kein Wunder. Regie und Requisite würde ich auch gerne machen. Auf alle Fälle lieber als magische Bäume spielen."

„Ich fand eure Vorführung gar nicht schlecht." Liv grinst. „Du und Toby, ihr wart doch wie ein eingespieltes Team. Maik braucht natürlich immer eine Extrawurst ... aber lustig ist er."

„Quatsch. Wahrscheinlich sahen wir total lächerlich aus“, antworte ich schnell und mit glühenden Wangen.

Liv steht auf und zieht aus einer Kommodenschublade ein Glasbehältnis. „Mehlwürmer“, erklärt sie. Sie schraubt den Deckel ab und langt mit der bloßen Hand in die sich windende weiße Masse. Sie streut die Viecher wie Parmesankäse über die gierig schnappenden Geckos.

„Das ist echt widerlich“, stöhne ich.

„Ist es nicht komisch, dass Maik immer aus der Reihe tanzt? Was wohl in ihm vorgeht?“ Liv fährt mit zwei Fingern vorsichtig über die Echsenrücken.

„Wen interessiert schon Maiks verkorkstes Innenleben!“, murmele ich verärgert. Ich möchte über Toby sprechen. Und darüber, wie toll wir zusammen waren.

In dem Moment wird die Tür aufgerissen. Superman im XXS-Format richtet die Mündung seiner Schusswaffe auf mich. Doch statt abzudrücken und meiner jämmerlichen Existenz ein schnelles Ende zu bereiten, schreit Superman „Kuchen essen“ und verschwindet. Anschließend wird die Nachbartür gestürmt.

„Verpiss dich, Jona!“, lärmt es zurück.

„Ziemlich viel los bei euch“, stelle ich fest. „Dagegen geht es bei Mama und mir zu wie in einem Kloster.“ Abgesehen von unseren regelmäßigen Schreiattacken, aber die gehen Liv nichts an.

„Du bist zu beneiden“, sagt Liv. „Vor den beiden Bestien ist nichts sicher. Wie gut, dass Hokus und Pokus auf meinen Schatz aufpassen.“

„Auf deinen Schatz? Bewahrst du dein Taschengeld etwa im Geckokäfig auf?“

„Nicht mein Taschengeld!“ Liv lächelt vielsagend. „Aber den Schlüssel zu meinem Tagebuch. Dort, in der winzigen grünen Schatulle.“

Neugierig trete ich ein paar Schritte näher. Tatsächlich. Zwischen Grünpflanzen, Steinen und einem Holzstamm verborgen kann ich ein grün schimmerndes Metallherz entdecken. Einer der Geckos hat draufgeschissen.

„Was steht denn Geheimnisvolles in deinem Tagebuch?“

Liv legt ihre Hand auf meine Schulter und blickt mich feierlich an. „Das ist nur für dich bestimmt, hörst du?“

Ich nicke wie hypnotisiert, als mir Liv ihr Geheimnis ins Ohr haucht.

„Maik?“, stoße ich überrascht aus.

„Psst!“ Liv legt den Zeigefinger auf ihre Lippen und starrt mich aus weit aufgerissenen Augen an.

„Nicht eine Silbe“, verspreche ich schnell.

Als wir in die Küche kommen, erklärt Superman den Tränen nahe, dass er nicht eine der Rosinen essen könne. Daraufhin schleudert er die verhängnisvolle Rosine in hohem Bogen direkt vor meine Füße. Im gleichen Augenblick schiebt sich von hinten Johannes grußlos an mir vorbei an den Esstisch, lädt drei Stück Kuchen auf seinen Teller und will mit einem „Und tschüss“ wieder in seinem Zimmer verschwinden. Livs Mutter platzt der Kragen und wenig später sitzen wir alle zusammen am Tisch.

„Jetzt machen wir es uns gemütlich“, befiehlt sie. „Hier geht es nicht immer so zu“, sagt sie zu mir und macht gleichzeitig eine ermahnende Geste in Richtung Superman, der versucht, eine Rosine aus dem Kuchenstück unter den Tisch fallen zu lassen.

„Sonst ist es noch viel schlimmer“, brummelt Johannes mit vollem Mund.

„Ich habe Erbsen auf dem Bürgersteig gefunden“, erzählt Livs Mutter. „Die Erbsen vom Mittagessen. Kartoffeln und Fleisch hat Opa Heinrich sich schmecken lassen, die Erbsen hat er aus dem Fenster geworfen. Er streitet es natürlich ab. Wenn das so weitergeht, müssen wir ein Fensterschloss anbringen.“

Johannes macht einen Kuchen-Rülpser. „Ist wohl nicht sein Ding, Erbsen“, kommentiert er.

„Erbsen sind ekelig“, findet Superman.

Johannes grinst und wir glotzen auf die braunen Kuchenreste zwischen seinen Zähnen. Liv tritt ihm gegen das Bein. „Du bist peinlich, Affenarsch.“

Lachend tritt Johannes den Rückzug an und verzieht sich aus der Küche.

Livs Mutter befreit Superman von seinen Qualen, indem sie sich die ausgemusterten Rosinen in den Mund steckt. „Ausnahmsweise“, erinnert sie Superman.

„Und wenn dein Opa hier unten mit der Familie isst?“, schlage ich vor.

Liv schüttelt den Kopf. „Keine Chance. Er weigert sich, die Wohnung zu verlassen.“

Jona denkt sichtbar nach, dann beginnt er zu strahlen wie die Sommersonne. „Ich könnte oben bei Opa essen, Mama. Dann ist er nicht alleine."

„Vergiss es", fährt Liv ihm über den Mund. „Du willst Opa nur dazu überreden, deine Rosinen ebenfalls zu entsorgen."

„Stimmt gar nicht", protestiert Jona.

Wir müssen lachen. Für einen Augenblick vergesse ich sogar, welches unfassbare Geheimnis Liv mir anvertraut hat. Liv ist wirklich verrückt. Wer bitte schön verknallt sich in den Volldeppen Maik? Außer Julia natürlich.

FREITAG: 18. MAI

Herr Frohwerk teilt uns in Arbeitsgruppen auf. Ich muss mit Maik und Toby die beknackten magischen Bäume einstudieren.

„Wo wollen wir proben?“, fragt Maik.

„Lass uns rausgehen“, sagt Toby und marschiert los.

„Klasse, Kollege“, ruft Maik seinem Freund hinterher. „Wir wollen die Bäume in der Natur beobachten, stimmt’s? Wir wollen uns ihre unverwechselbare Sprache aneignen, großartige Idee.“

Ich rolle demonstrativ mit den Augen und vergewissere mich, dass Maik meine Verachtung bemerkt. Er reagiert mit einem Grinsen und zwinkert mir zu. Hat er überhaupt kapiert, dass er gemeint ist?

Unseren Schulhof ziert nur eine einzige spärliche Pappel, deren Tage gezählt sind. Keine berauschende Inspirationsquelle.

„Ich komme echt schlecht drauf, wenn ich diesen jämmerlichen Wuchs länger anstarre“, sagt Maik.

Etwas ratlos stehen wir auf dem leeren Schulgelände herum und treten von einem Fuß auf den anderen. Es ist verdammt schwer, jemanden nicht anzuschauen, wenn man nur zu dritt ist. Das Nichthinschauen ist auffälliger als das Hinschauen.

„Wir brauchen eine Choreografie“, presche ich mutig vor und

wende mich direkt an Toby. Sein Tiefblau bringt mich aus dem Konzept. Ich stehe auf einer wackeligen Eisscholle.

„Gute Idee“, dringt von weither seine Antwort zu mir durch. Ich lächle dümmlich.

„Am besten wir beginnen mit den Armen. Wir könnten die Bewegungen aufmalen, dann lassen sie sich besser einstudieren“, höre ich mich sagen.

„Gute Idee!“, antwortet Toby erneut und ich sonne mich in seinem behutsamen Applaus.

„Hey, da habe ich ja wohl auch ein Wörtchen mitzureden“, stört Maik unser harmonisches Miteinander. „Ich bin dafür! So wird's gemacht.“

Mir ist schleierhaft, was man an diesem Blödmann gut finden kann.

Dann hocken wir uns auf den Boden und zeichnen Strichmännchen.

Ich lache, als ich Tobys und Maiks Zeichnungen begutachte. „Wenn wir diese Bewegungen ausprobieren, haben wir am Ende einen Knoten in der Hüfte.“

„Für dich doch kein Problem“, sagt Toby und lächelt mich an. In dem Moment würde ich mir in jedes Körperteil einen Knoten machen, wenn er nur niemals aufhörte, mich so anzuschauen.

Maik stößt Toby in die Seite. „Vielleicht hat sie schon einen, wir können es nur nicht sehen durch die Klamotten.“

„Halt die Klappe“, fauche ich.

„Echt jetzt“, unterstützt Toby mich. „Halt einfach die Klappe.“

Er boxt Maik gegen den Oberarm. Zu allem Überfluss fangen die beiden an zu rangeln und sich in den Schwitzkasten zu nehmen, während ich mit den dämlichen Strichmännchen dasitze. Ich hänge eines an den Galgen. Außerdem platziere ich die Mündung einer Pistole direkt an seinen Kopf.

MITTWOCH: 23. MAI

Kein normaler Mensch besucht einen anderen, ohne sich vorher anzukündigen. Dafür sind Verabredungen da. Sie vermeiden peinliche Situationen, in denen du in Jogginghose und mit wilder Frisur unvorbereitet Gastgeberin sein musst. Liv ist definitiv kein normaler Mensch. Deshalb steht sie plötzlich vor meiner Tür und schiebt sich an mir vorbei in die Wohnung, während ich stotternd versuche, das Unglück aufzuhalten und wieder nach Hause zu schicken.

„Hör mal, Liv ... heute passt es wirklich nicht so gut ...“

Doch Liv hört mir nicht zu. „Ich war in der Nähe“, sagt sie, streift ungebeten die Schuhe ab und lugt vom Flur aus neugierig durch die offen stehenden Zimmertüren. „Ich störe doch nicht, oder?“ Bevor ich antworten kann, verschwindet Liv im Wohnzimmer und lässt seelenruhig ihren Blick umherschweifen.

Zufällig in der Nähe, dass ich nicht lache. Wahrscheinlich ist sie eine Stalkerin, die mir auflauert, um sich in mein Leben zu zecken.

„Woher weißt du überhaupt, wo ich wohne?“

„Supergemütlich bei euch. Merkt man gleich, dass hier nur Frauen leben.“ Liv lässt sich auf die Couch plumpsen und schiebt ihre Brille hoch. „Ich weiß, wo du wohnst, weil unsere Adressen auf der Theaterliste stehen. Warum passt es dir heute nicht? Hast du was vor?“

„Ich wollte für die Klausur morgen lernen“, lüge ich.

„Gute Idee. Zu zweit macht es eh viel mehr Spaß. Alles ist zu zweit schöner, findest du nicht?“ Liv strahlt mich an.

„Bis auf das Alleinsein“, murmle ich leicht abgewandt, während ich versuche, meine Gesichtszüge zu kontrollieren. In mir wütet das asoziale Monster. „Ich bin gerne für mich“, formuliere ich laut und hoffentlich deutlich.

Liv lacht auf. „Das merkt man. Was sind das denn für Bücher?“

„Keine Ahnung, gehören meiner Mutter.“

Ohne um Erlaubnis zu fragen, durchstöbert sie Mamas Literatur, die sich auf unserem Couchtisch stapelt. *„Die Kunst sich selbst zu lieben, Mehr Mut zum Ich, Wie du dein Schicksal selbst in die Hand nimmst*“, liest sie laut vor und schüttelt bedeutungsvoll den Kopf. „Flo, deine Mutter hat ernsthafte Probleme!“

„Quatsch, sie interessiert sich bloß für den Psycho-Kram“, winke ich ab. Liv muss schließlich nicht wissen, dass Mama kein Selbstbewusstsein hat.

„Wenn du mich fragst …“, setzt Liv an.

„Ich frage dich aber nicht“, fahre ich dazwischen.

In dem Moment dreht sich der Schlüssel im Schloss. Das hat mir gerade noch gefehlt.

Mama wirkt selbstsicher und munter. Hoffentlich sieht Liv es genauso.

Liv sieht es nicht so. Sie scheint sich zum Ziel gesetzt zu haben, Mama mit Komplimenten aus der psychischen Krise zu helfen. Die Plätzchen seien vorzüglich. Gekauft? Eine großartige Auswahl! Geschenkt bekommen? Aber sie machten sich besonders schön in der ausgesuchten Schale. Mamas Haarfarbe passe im Übrigen fantastisch zu dem grünen Pullover. Überhaupt, für eine Frau in ihrem Alter habe sie eine spitzenmäßige Figur. Mama wirft mir gelegentlich einen fragenden Blick zu und ich ziehe die Schultern hoch. Wenn Liv sich etwas in den Kopf gesetzt hat, scheint es keinen Fluchtweg zu geben.

Dann schildert uns Liv ohne Punkt und Komma die neusten Schandtaten ihres Opas. Zuvor wird Mama in die mir schon bekannten Details eingeweiht, sodass auch sie jetzt über Opa Heinrichs Windelhosen und die Möhrensuppe auf dem Kopf der drogenabhängigen Nachbarin informiert ist.

„Das Beste kommt noch", erzählt Liv atemlos. „Gestern ist nämlich was Dolles passiert. Obwohl Mama Opa Heinrich beim Essen Gesellschaft geleistet hat, damit er keine Dummheiten anstellt, ist es ihm trotzdem gelungen, unbeobachtet Rotkohl durch das Fenster verschwinden zu lassen. Was sagt ihr jetzt? Dabei ist Mama nur einen kurzen Augenblick in die Küche gegangen. Diesmal ist das Essen der Kriminellen von unten direkt auf die neuen beigen Wildlederstiefel geplatscht. Die Flecken gehen natürlich nie mehr raus, wobei Mama meint, mit dem Lila sehen die Stiefel tausend Mal besser aus als vorher. Die Kriminelle will natürlich das Geld für neue und behauptet, die Stiefel hätten ein Vermögen gekostet. Also, wenn man mich fragt, ist die selbst schuld. Wer den ganzen Tag vor dem Haus rumlungert und raucht, der braucht sich wirklich nicht wundern, wenn ihm auch mal Rotkohl wo hinfällt.“ Livs Logik ist von bestechender Klarheit.

Mama hört ungläubig den gewaltigen Wortfluten zu, wobei hin und wieder ein Lächeln ihren Mund umspielt.

Bei der erstbesten Gelegenheit ziehe ich Liv am Ärmel von Mama weg und hinter mir her in mein Zimmer.

„Deine Mutter ist sehr nett, bestimmt findet sie bald einen neuen Mann“, stellt Liv fest und studiert mit schräg gelegtem Kopf die Buchtitel in meinem Regal.

Kurzentschlossen pfeffere ich ihr meine Kuschelrobbe an den Kopf.

Durch ihre Brüder ist Liv anscheinend nicht so schnell aus der Ruhe zu bringen. Sie hebt sie auf und betrachtet sie eingehend.

„Schöne Augen“, sagt Liv und streichelt Luckis Kopf.

„Sehr witzig“, knurre ich.

„Mir gefällt es bei dir“, stellt Liv abschließend mit einem Rundumblick fest.

Sie lümmelt sich mit Lucki auf meinen Sessel und sieht mich erwartungsvoll an. „Erzähl. Ich will alles, alles, alles wissen.“

„Von meinem Leben, oder was?“

„Blödsinn“, winkt Liv ab. „Von Maik natürlich. War er witzig? Er war bestimmt witzig. Erzähl mal ...!“

Langsam beginne ich zu verstehen.

„Leider muss ich dich enttäuschen. Maik hat keinen einzigen guten Joke gemacht.“ Während ich Lucki aus Livs Armen ziehe, füge ich hinzu: „Nur Affengelaber. Uu, aa …“

Liv schaut mich ungläubig an. „Ach, du hast es nur nicht bemerkt. Warst schlecht gelaunt …“

Hör sich einer diese ungeheuerliche Frechheit an.

„Toby und ich hatten eine Menge Spaß beim Proben“, knalle ich ihr hin. „Wir haben uns totgelacht über unsere Ideen.“

„Toby und du also“, wiederholt Liv und schiebt ihre Brille hoch. Sie schaut nachdenklich wie eine Ermittlerin in einem Mordfall, in deren Kopf sich die ersten Indizien zu einem Bild, zu einem Täter verdichten. Höchste Zeit, die Hinweise zu zerstreuen.

„Na ja, okay, Maik hat *einen* treffenden Witz gemacht. Dass er von dem Anblick der Pappel auf unserem Schulhof schlecht draufkommt.“

Liv kugelt sich vor Lachen. „Maik bringt immer die besten Sprüche“, japst sie vor Glück. Das war einfacher als angenommen.

Später lerne ich mit Liv für die Klausur. Mein Wissen reicht locker für eine Drei. Mehr muss nicht sein. Aber Liv besteht darauf. Bevor sie am frühen Abend den Heimweg antritt, leiht sie sich von Mama zwei der Psycho-Bücher. Ihr sei ganz spontan der Gedanke gekommen, selbst eines zu schreiben. Schließlich gebe es eine Menge verlassener Frauen mit angeknackstem Selbstbewusstsein.

„Damit lässt sich sicher viel Geld verdienen“, erklärt sie Mama, halb begeistert, halb mitfühlend.

Mama ist die Überraschung anzusehen, bis sie in schallendes Gelächter ausbricht.

„Stressreaktion“, flüstert Liv mir zu.

SAMSTAG: 26. MAI

Glaubt Papa tatsächlich, mir unter einem Sahnehäubchen versteckt einen vergammelten Fisch unterschieben zu können? Glaubt er, nur weil wir an der Kinokasse stehen, um einen Film anzuschauen, auf den ich mich schon seit Wochen freue, fiele meine Reaktion nachsichtiger aus? In all diesen Punkten hat er sich getäuscht. Ich kann es nicht ausstehen, für dumm verkauft zu werden. Vor allem nicht vom eigenen Vater. Das ist gegen die Menschenwürde! Also habe ich ihn mit seinem beschissenen neuen Leben im Kinopalast stehen gelassen. Mamas fürsorglicher Blick entlarvt sie als Mitwisserin. Sie scheint nicht besonders verwundert darüber zu sein, dass mein Wochenende mit Papa bereits nach wenigen Stunden ein abruptes Ende gefunden hat und ich wie ein Tornado an ihr vorbei in mein Zimmer stürme. Mit Türknallen und Schreierei. Das ganze Programm.

SONNTAG: 27. MAI

Three little words: Ich könnte kotzen.

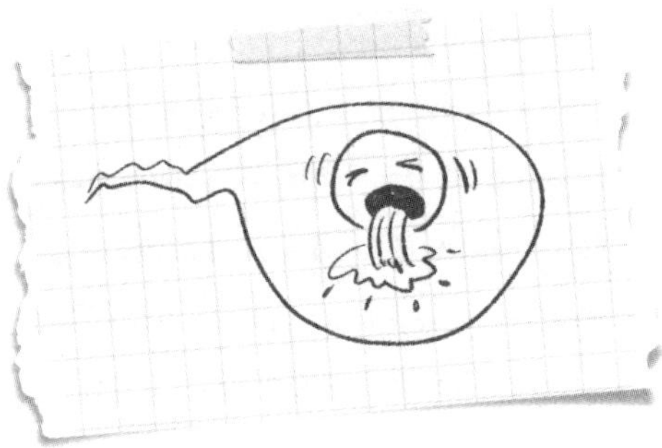

MONTAG: 28. MAI

Wir haben uns ein leeres Klassenzimmer gesucht, um unsere magischen Bäume einzustudieren. Unsere Lustlosigkeit ist preisverdächtig. Toby hat seinen Kopf auf der Tischplatte abgelegt und hört mit einem Ohrstöpsel Musik. Maik kippelt auf den Hinterbeinen seines Stuhls, die ich ihm im Geiste mit einem Ruck wegziehe.

„Lasst uns anfangen", scheuche ich die müde Meute auf.

„Gute Idee", sagt Toby und bleibt reglos liegen.

Ich schlage vor, die Bewegungsabläufe aufzuschreiben, damit jeder sie zu Hause üben kann.

„Gute Idee", findet Toby. Seinen Kopf hat er inzwischen eine Etage heraufbefördert und auf dem abgelegten Oberarm gebettet. Wenn er so weitermacht, hat er sich bis Schulschluss erfolgreich in die aufrechte Haltung gebracht. Dankbar lächele ich ihn an.

„Hey Boys!" Julia tut so, als hätte sie mich nicht sofort bemerkt. „And Girl", fügt sie scheinbar überrascht hinzu. Sie wirft mir die Worte hin wie einen Fleischlappen für einen verhungerten Straßenhund. „Kommt ihr voran?" Sie setzt sich demonstrativ vor Maik und Toby auf die Tischkante und lässt ihre langen falschen Fingernägel auf der Holzplatte klackern.

Verärgert beobachte ich, dass Toby vor dem unwillkommenen Besuch mit einem Ruck in die Höhe schnellt. Na klar, wenn sie sich mit dem Hintern direkt vor seine Nase hockt.

„Wenn wir nicht gestört werden“, antworte ich.

„Zeigt doch mal, was ihr schon draufhabt!“ Diesmal wendet sich Julia mit einem süßsauren Grinsen direkt an mich.

„Wir sind noch in der Planungsphase“, presse ich mürrisch heraus.

„Wir schreiben die einzelnen Bewegungsschritte auf“, erklärt Toby, der das erste Mal an diesem Morgen einen vollständigen Satz herausbringt.

„Eine Idee von unserer Super-Flo“, sagt Maik.

„Super-Flo!?“ Julia lacht laut auf. „Hat Super-Flo auch schon eine Idee zu den Kostümen? Zum Beispiel Hoodies in Elefantengröße? Flo, du hast bestimmt für die Jungs zwei übrig, oder?“

Statt dieser überheblichen Ziege das Maul zu stopfen, grinst Toby mich verlegen an.

„Keine schlechte Idee“, sagt Maik. „In Flos Klamotten können wir uns wenigstens bewegen. In deinen Shirts würden wir aussehen wie magische Presswürste.“

Julia erstarrt für den Bruchteil einer Sekunde, um anschließend in hysterisches Gelächter zu verfallen. „Du bist wirklich zu witzig, Maik!“ Damit sie nicht umkippt vor Lachen, hält sie sich an seinem Oberarm fest. Billigste Grapsch-Masche.

„Magische Presswürste“, kichert Toby.

Maik wirft mir einen komischen Blick zu. Ich kräusele verächtlich die Nase. Er braucht sich für mich nicht starkmachen. Ich kann sehr gut für mich selbst einstehen. Leider fällt mir jetzt nichts Besseres mehr ein.

In der Pause setzt sich Liv draußen zu mir auf die Bank. „Wollen wir uns nach der Schule treffen?"

„Keine Zeit!"

„Morgen?"

„Wie wäre es, wenn du mal auf die eindeutigen Signale der Körpersprache achtest!", fahre ich sie an.

„Wenn es danach ginge, dürfte ich dich nie ansprechen." Liv verschränkt die Arme vor der Brust. „Lass mich in Ruhe", äfft sie mich nach.

„Du übertreibst."

„Besorg dir mal einen vernünftigen Spiegel! Dann siehst du es selbst."

„Ich hab zurzeit echt Ärger. Da würde jeder so aussehen." Ich neige mich ganz dicht zu Liv und flüstere ihr *mein* Geheimnis ins Ohr.

„Oje, du Arme", stößt Liv hervor. „Oh Mann, oh Mann ...", murmelt sie und schüttelt den Kopf. Wenn Liv jetzt mit ihrem Opa Heinrich anfängt, muss ich sie leider töten. Aber Livs Instinkte scheinen nicht vollständig verkümmert und sie hält den Mund.

„Junge oder Mädchen?", fragt sie nach einigen bedeutungsschweren Schweigeminuten.

„Keine Ahnung. Interessiert mich auch nicht, weil ich es niemals sehen werde. Keinen Kontakt. Das ist doch wohl klar, oder?“

„Klar ist das klar!“

Wir schweigen erneut.

„Mmh ...“ Liv ruckelt unruhig hin und her.

„Nun sag schon, bevor du daran erstickst.“

„Du könntest deinen Vater vor die Wahl stellen. Das Baby oder du!“

„Sag mal, du guckst wohl zu viele schlechte Filme“, fahre ich sie an. „Außerdem habe ich ihm die Entscheidung schon abgenommen. Wir sind geschiedene Leute.“

„Dein Vater ist sorgeberechtigt. Bis du 18 Jahre bist, gehörst du quasi ihm. Er kann dir sogar befehlen, dich mit ihm zu treffen.“

„Aber er kann mir nicht befehlen, ihn zu mögen. Und schon gar nicht die Tussi und ihr Baby.“

„Das ist so was von übel“, sagt Liv. „Du musst dir nichts gefallen lassen. *Du* bist nämlich das Opfer ... außerdem bist du noch ein Kind!“

Liv und ich sehen uns groß an. Dann brechen wir in schallendes Gelächter aus.

„Okay, ich komme morgen“, willige ich ein und puffe ihr gegen den Oberarm.

DIENSTAG: 29. MAI

Liv hat auf ihrem Couchtisch eine Kekspyramide aufgebaut. „Nervennahrung“, meint sie. Jetzt muss sie nur noch das Glas mit den Mehlwürmern aus meinem Sichtfeld entfernen und es kann richtig gemütlich werden. Hokus und Pokus liegen eng aneinandergeschmiegt und dösen. Ich muss an Toby denken und daran, dass er mich gestern vor Julia hat hängen lassen. Er ist wahrscheinlich ein sanftmütiger Mensch, der keinen Streit erträgt. Der Gedanke gefällt mir und ich bekomme Herzklopfen.

„Wie ist es eigentlich so mit Geschwistern?“

„Furchtbar! Es sind Bestien, die dich davon abhalten, ein glückliches Leben zu führen.“

„Eine Schwester ist vielleicht weniger ätzend.“

„Kann sein“, sagt Liv.

„Andererseits ... eine Schwester, die *ihr* Gesicht hat, muss ich einfach hassen!“

„Natürlich!“, pflichtet Liv mir bei.

Man hört nur die Kaugeräusche unserer Zähne, die sich durch den Keksberg arbeiten und Schicht für Schicht abtragen.

„Ein Mädchen muss nicht aussehen wie *sie*“, meint Liv.

„Stimmt. Wie mein Vater geht auch. Oh mein Gott, das wünsche ich niemandem“, sage ich und lache.

„Zeig mal ein Foto!“

„Hab keins.“

„Na komm, irgendein Foto wirst du wohl auf deinem Handy haben“, drängt mich Liv. Wie lästig sie ist.

„Ich guck mal ...“

Sie rückt mir dicht auf die Pelle, um einen Blick auf mein Display zu werfen.

„Hier ist ein Bild von Papa mit seinem selbstgemachten Nudelgericht.“

Liv zieht meine Hand mit dem Handy zu sich heran, damit sie besser gucken kann. Wie ein blinder Maulwurf hält sie es sich direkt vor die Nase.

„Dein Vater sieht richtig sympathisch aus.“

Er strahlt stolz und glücklich über seinem dampfenden Teller. Eigentlich ist der Abend bei ihm schön gewesen, trotz anfänglicher Kotzerei. Solche Treffen wird es nie mehr geben. Ab jetzt steht immer das Baby zwischen uns ... und Maria. Bei dem Gedanken zieht es in meiner Magengegend.

„Lass uns über was anderes reden“, beschließe ich und lege das Handy weg.

Hokus und Pokus haben erst einmal genug voneinander und jeder Gecko verzieht sich in eine andere Ecke des Terrariums.

„Magst du eigentlich wen?“, fragt Liv unvermittelt.

„Spinnst du!“, fahre ich sie an.

„Du wirst knallrot“, stellt Liv taktvoll fest.

„Na und, mir ist halt heiß!“

„Du brauchst es mir nicht verraten. War nur eine Frage.“

Ich kicke sie mit dem Fuß an. „Es gibt nichts zu verraten.“

„Ich weiß es auch so“, behauptet Liv frech. „Hab’s gesehen.“

„Nichts hast du gesehen, weil es nichts zu sehen gibt!“ Langsam werde ich wirklich ärgerlich.

Liv zuckt mit den Schultern. „Wenn du meinst …“

„Ja, das meine ich. Und jetzt Schluss mit dem Thema.“

Mama behauptet, ich würde alles in mich reinfressen, deshalb sei mir ständig übel, aber das stimmt nicht. Ich mag nur nicht meine Gedanken herausposaunen. Vor allem dann nicht, wenn es niemanden etwas angeht.

MiTTWOCH: 30. MAi

Nach eineinhalb Wochen Funkstille beschließe ich, mich mit Papa zu treffen und ihm die Kündigung unserer Vater-Tochter-Beziehung persönlich hinzuknallen. Ich habe mich mit ihm in der Stadt verabredet. Ich weigere mich, in seine Wohnung zu gehen, geschweige denn dort zu übernachten.

„Du musst mich schon mit Polizeigewalt zwingen", erläutere ich ihm am Telefon die Rechtslage. Papa verspricht, mich niemals gegen meinen Willen zu irgendetwas zu zwingen, was ich nicht weiter kommentiere. Papas Worte zählen im Moment nicht viel.

Mir ist den ganzen Tag schlecht, weil ich wohl was Falsches gegessen habe. Gleich nach der Begrüßung muss ich Papa bitten, mich zurück nach Hause zu bringen, anderenfalls könne ich für nichts garantieren. Papa überredet mich stattdessen zu einem magenfreundlichen Tee in einem schicken Café in der Altstadt. Wahrscheinlich hat er Sorge, dass ich mich in seinem Wagen entleere, in dem er seine schwangere Freundin umherkutschiert.

„Auch wenn du am liebsten alles Unangenehme unter den Teppich kehrst, Flo, wir müssen trotzdem über die Veränderungen in unserem Leben sprechen."

Jetzt fängt der auch noch an. Ich klammere mich an meine Teetasse, als könnte sie mich vor dem Ertrinken retten. Wenn ich mich auf die Wärme konzentriere und den angenehmen Kamillengeruch tief einatme, überstehe ich hoffentlich den Aufenthalt hier, ohne zu reihern.

„Erstens", beginne ich mein Plädoyer, „schiebe ich nirgendwo irgendetwas drunter und zweitens hat sich nur *dein* Leben geändert. Wenn du darüber sprechen willst, kann ich dir eine hervorragende Psychologin empfehlen." Ich stelle mir vor, wie er in Livs Zimmer auf dem Sofa vor dem Terrarium sitzt, in dem Hokus und Pokus faul übereinanderliegen, und Liv ihm aus Mamas Psycho-Büchern Ratschläge erteilt. Ich muss gegen meinen Willen grinsen.

„Warum machst du es mir so schwer, Flo?"

Ich lache auf. Hör sich einer das an! Mit Ursache und Wirkung hat er es anscheinend nicht so.

„Warum machst *du* es *mir* so schwer?", kontere ich. „Ich habe dich nie darum gebeten, in eine durchgestylte Wohnung zu ziehen, die aussieht wie aus einem beschissenen Katalog. Und ich interessiere mich nicht für dein neues Leben mit dieser Frau. Ich will nur in Ruhe gelassen werden. Akzeptier das gefälligst." Die letzten Worte schreie ich. Das schicke Café kann mich mal. Von der Kellnerin fange ich mir sogleich einen maßregelnden Blick ein. Die spinnen doch hier.

Papa legt mir die Hand auf den Arm. „Ich habe verstanden ...", raunt er beschwichtigend.

Dann schweigen wir uns an. Ein kleiner Hosenscheißer einige Tische weiter stiert mich unverblümt an. Seine Mutter versucht ihn abzulenken, aber keine Chance. Ich bin sein Magnet. Wenn er mehr draufhätte als den wackeligen Stolpergang mit Windelhintern, würde er sicher mit mir durchbrennen – mit der Café-Brüllerin.

„Kommt da jetzt noch was?“, frage ich Papa betont entspannt. „Ich würde sonst gehen.“

„Gib mir eine Chance, Flo. Eine einzige. Ich möchte, dass du Maria besser kennenlernst. Wie oft habt ihr euch bisher gesehen? Ein, zwei Mal? Ein Treffen, wir drei. Bitte tu mir den Gefallen.“

„Und warum?“ Ich lege all meine Verachtung in die Frage.

„Weil das Baby auch zu *deinem* Leben gehört“, flüstert Papa und zwinkert nervös.

„Wer zu meinem Leben gehört, das bestimme ich. Und zwar allein.“

„Ist klar“, versichert er hastig.

Der kleine Hosenscheißer ist wild entschlossen, das Abenteuer auf sich zu nehmen, und stakst geradewegs auf mich zu. Seine Mutter kriegt den Flüchtenden kurzerhand am Hosenbund zu fassen. Einen Moment läuft er auf der Stelle wie auf einem Laufband, bis er die Ausweglosigkeit seiner Lage begreift. Gegen seinen Wutanfall bin ich ein Unschuldslämmchen. Ich grinse die Kellnerin frech an.

„Schlägst du ein?“ Papa streckt mir über den Tisch seine Hand entgegen. Er nutzt meinen Anflug von Entspannung schamlos aus. Ich schlage ein. Papa greift nach meiner Hand und umschließt sie fest.

„Mein Flöchen. Ich hab dich lieb bis nach Afrika."

„Nach Afrika kommt man inzwischen mit jedem Billigflieger! Lass uns gehen, mir ist übel."

FREITAG: 1. JUNI

Wir haben in den letzten drei Wochen immerzu geprobt, mir hängen die magischen Bäume bereits zum Hals raus. Heute teilt uns Herr Frohwerk in andere Kleingruppen auf, um mit einer Pantomime-Aufgabe das Feuer des Schauspiels in uns zu entfachen. Gähn. Wehmütig schaue ich Toby hinterher, der mit seinen Leuten die Aula verlässt. Ich hoffe, dass er sich zu mir umdreht. Fehlanzeige. Ich schlucke meine Enttäuschung herunter, als Maiks Visage plötzlich vor mir erscheint.

„Viel Spaß beim Zündeln und verbrenn dich nicht."

„Hä?"

„Na, wegen Feuer entfachen", erklärt er seinen eigenen Witz.

„Schon verstanden, so raffiniert war dein Spruch nicht", erwidere ich im Wegdrehen.

„Wow, der Vulkan spuckt Lava", spottet Maik und verschwindet. Aus den Augenwinkeln bemerke ich Julias aufmerksamen Blick in unsere Richtung.

Herr Frohwerk trommelt unsere Gruppe zusammen und verteilt Karten an alle. „Auf der Rückseite steht ein Begriff, den ihr euren Mitschülern bitte pantomimisch vorspielt. Ohne Worte, nur Gestik, Mimik ... alles klar?"

Ich drehe meine Karte um. Mich trifft der Schlag. *Verliebt.*

„Kann ich vielleicht eine neue Karte ziehen?“, flehe ich.

„Das kriegst du schon hin“, sagt Herr Frohwerk. Mein Schicksal ist besiegelt. Dabei ist es schon eine Zumutung, mit Julia in einer Gruppe zu sein.

„Zieht euch an einen ruhigen Ort zurück und spielt euch gegenseitig die Begriffe vor“, fordert uns Herr Frohwerk auf.

Widerwillig geselle ich mich zu Julia und den anderen.

„Lasst uns auf der Bühne spielen“, schlägt Julia vor. „Hier ist doch sonst niemand. Wir haben den ganzen Platz für uns.“

Das ist typisch, selbst bei den blödesten Aufgaben braucht sie ein Podest. Die anderen nicken bereitwillig, wenn auch wenig begeistert. Wie lahme wiederkäuende Kühe.

„Flo freut sich schon. Schaut nur, sie lächelt ganz beseelt. Was steht denn auf deiner Karte? Lass mal sehen!“ Bevor ich reagieren kann, entreißt Julia mir meine Karte.

„Verliebt!“, kreischt sie. „Die Liebe, l’amour.“ Julia greift sich an die Brust. „Da bin ich aber gespannt, wie es ausschaut, wenn Flo verliebt ist. Wirst du auf Erfahrungswerte zurückgreifen?“ Ihr dümmliches Grinsen nervt extrem.

„Geht dich einen Dreck an!“, raune ich ihr zu und nehme ihr meine Karte ab. „Kümmer dich gefälligst um deinen eigenen Kram.“

„Oh, ich habe einen wunden Punkt getroffen. Wer weiß, für welchen süßen Boy Flos Herz schlägt.“

„Fangt bitte an. Unsere Zeit ist endlich!“, fordert uns Herr Frohwerk auf. „Julia, mach den Anfang.“

Julias Begriff lautet *Schmerz*.

„Voll schwer", entschuldigt sie sich im Voraus. „Meine Stärke liegt im gesprochenen Wort."

Ich verdrehe die Augen.

„Das Wort kommt aus dem Kopf, das Gefühl aus dem Bauch", erklärt Herr Frohwerk. „Lernt, auf euren Bauch zu hören. Julia, lass uns deinen Schmerz nachempfinden."

Julia kichert blöd und klimpert mit ihren falschen Wimpern. Bevor sie sich ihrem Schmerz mit Leib und Seele hingibt, zieht sie ihr Oberteil zurecht und streicht mit königlicher Erhabenheit ihr langes Haar zurück. Bin ich eigentlich die Einzige, der bei diesem lächerlichen Schauspiel die Galle hochkommt? Eine ausgesprochen gefühlsbetonte Körperreaktion, wie ich finde.

Julias Schmerzdarstellung erinnert mich an eine qualvolle Toilettensitzung.

„Abspülen nicht vergessen", rufe ich ihr zu und habe die Lacher auf meiner Seite.

„Nur konstruktive Kritik", ermahnt uns Herr Frohwerk im Weggehen.

Ich kann nichts dagegen tun, Julias Schmerzversuche verursachen mir Gänsehaut. Sie erinnert mich an ein Einhorn mit Durchfall. Mit sehr viel Durchfall, weil sie überhaupt nicht mehr aufhört. Wie selbstverliebt muss man sein, um allen Umstehenden diese miserable Vorstellung zuzumuten?!

„Wie war meine Performance?", fragt sie zu allem Überfluss. Sie lächelt, als wüsste sie die Antwort schon.

„Äh … unglaubwürdig“, werfe ich ihr hin.

Julia runzelt die Stirn. „Mach's besser.“

„Das ist keine Herausforderung“, gebe ich lässig zurück. Die anderen verfolgen amüsiert die sich zuspitzende Situation. Natürlich habe ich keine Ahnung, wie ich Verliebtsein spielen könnte.

„Na los, lass sehen, was du Tolles draufhast“, drängelt Julia. Sie steht mit verschränkten Armen vor der Bühne und mustert mich missgünstig. Ich fühle mich wie in einer dummen Casting-Show. Warum sollte ich mich ins Zeug legen, schließlich habe ich mir die Hauptrolle längst unter den Nagel gerissen. Was gibt's Wichtigeres als Bäume?

Ich blicke verträumt in den Himmel, also an die uralte braune Decke der Aula, und schlage mir mit der Faust gegen die Brust.

„Das Balzverhalten der Gorillas im afrikanischen Regenwald“, ruft Julia in meine Darstellung herein. Lacher.

Ich umarme mich selbst und schunkle hin und her.

„Geistesgestörte Gorillas im afrikanischen Regenwald.“

Wieder Gelächter.

Ich male ein riesiges Herz in die Luft.

Nächster Schuss Julia: „Trägt dein Traumgorilla auch Strickmützen?“

Ihre Kommentare sind eindeutig unter meinem Niveau. Unermüdlich male ich Luftherzen und lächle süßlich-dümmlich. Ich lasse mich von Julia nicht provozieren.

„Hey Flo, darf dein Schatz dich auch küssen? Oder kein Knutschen und Fummeln vor der Ehe?“

Die ersten Kleingruppen trudeln wieder in der Aula ein und verfolgen interessiert unseren Zweikampf. Aufgestachelt durch das wachsende Publikum verspritzt Julia mit Hochgenuss ihren Geifer.

„Schaut nur her, so sieht Flo aus, wenn sie verliebt ist.“ Sie sieht sich Beifall heischend nach den anderen um. Dann äfft sie mich übertrieben nach. Eine aufgeladene Spannung herrscht im Raum, jeder weiß, dass Julia nicht lockerlässt, wenn sie sich einmal festgebissen hat. Plötzlich ist mir klar, wie ich den lästigen Kläffer loswerde.

Ich strecke die Hand in die Luft, um die Aufmerksamkeit auf mich und meine Solonummer zu lenken. Mein innerer Regisseur heißt Rache.

„Ach Tessa“, zirpe ich, „hoffentlich bin ich schön genug für Maik.“ Ich drehe und wende ich mich vor dem imaginären Spiegel, schüttele mein Haar und zupfe die Kleidung zurecht. In der Aula ist es mucksmäuschenstill. Statt einen würdevollen Abgang hinzulegen und das Gefühl der Überlegenheit im Stillen zu genießen, mache ich weiter. Ein Zug in voller Fahrt kann schließlich keine Vollbremsung hinlegen. „Was meinst du Tessa, hat Maik wohl rote Schamhaare?“

Ein Aufschrei. Alle Köpfe fliegen zu Tessa herum, die sich erschrocken den Mund zuhält.

Julia starrt sie aus weit aufgerissenen Augen fassungslos an.

In Zeitlupe verwandelt sich ihr Ausdruck von Verwunderung in Hass. Wow, das wäre eine tolle Pantomime-Nummer geworden. Ich stehe selbst im Bann dessen, was ich da losgetreten habe. Ich bin lediglich die Fackel, die das Geschehen entzündet hat, das wahre Drama spielt sich zwischen Julia und Tessa ab.

„Wie konntest du nur?“, zischt Julia der näher kommenden Tessa zu.

„Von mir hat sie das nicht, ich schwöre“, versichert Tessa aufgewühlt.

„Du bist die längste Zeit meine Freundin gewesen!“, presst Julia Wort für Wort heraus. „Ihr könnt mich alle mal.“ Dann stürmt sie mit wehenden Haaren davon.

„Warte doch!“ Tessa rennt ihr hinterher und an Herrn Frohwerk vorbei, der in dem Moment zu uns stößt.

Ich klatsche. Die Schauspielerinnen Julia und Tessa haben sich mit ihrer Aufführung *Die wilden Furien* selbst übertroffen. Einige schließen sich verdattert an, es werden immer mehr und am Ende wird es ein beachtlicher Schlussapplaus.

„Was ist hier los?“, fragt mich Herr Frohwerk.

„Tja, wir haben den Kopf ausgeschaltet und nur auf unseren Bauch gehört“, erkläre ich ihm.

MONTAG: 4. JUNI

In der Mittagspause sitzen Julia und Tessa getrennt jeweils an den äußersten Enden der Cafeteria. Viele Köpfe drehen sich tuschelnd und kichernd nach ihnen um. Ich stochere lustlos in dem verkochten Rosenkohl herum.

„Hey." Überrascht blicke ich zu Toby auf, der mit seinem Tablett dasteht und unsicher von einem Bein auf das andere tritt. „Ist hier noch Platz?"

Ich blicke rechts und links den Tisch hoch, an dem fünf leere Stühle stehen. „Könnte eng werden."

Toby schaut mich verwirrt an.

„War nur Spaß!", lenke ich schnell ein.

„Ach so." Toby stellt sein Tablett mir gegenüber ab und setzt sich.

Ich weise auf den Knopf in seinem rechten Ohr. „Was hörst du?"

„Musik."

„Aha!"

Toby isst den ersten Happen und verzieht angewidert das Gesicht.

„Schmeckt furchtbar!", bekräftige ich und schiebe meinen Teller von mir weg.

„Widerlich!", nickt Toby und isst weiter.

Besonders gesprächig ist Toby nicht, aber immerhin hat er

sich zu mir gesetzt, obwohl an allen anderen Tischen noch genug Platz gewesen wäre. Immerzu muss ich auf sein lockiges braunes Haar schauen, durch das ich unglaublich gerne meine Finger gleiten lassen würde. Ich muss mich auf meine Hände setzen, damit sie sich nicht selbstständig machen. Wie peinlich wäre das denn? Ich räuspere mich, um nicht völlig in Vergessenheit zu geraten.

„Heute schon was geplant?“, fragt Toby.

„Eigentlich nicht“, antworte ich mit bebendem Herzen und klammere mich an die Sitzfläche des Stuhls. „Und du?“

„Auch nichts!“

Toby wird mich jeden Augenblick um eine Verabredung bitten. Ich atme tief ein und aus, damit ich nicht in Ohnmacht falle, wenn es soweit ist. Ich weiß nicht, wie lange ich warte. Ziemlich lange auf alle Fälle, denn in der Zwischenzeit verschlingt Toby den Auflauf, den Nachtisch und schreibt eine WhatsApp, während ich wie angeklebt auf meinem Hintern sitze und mir zusehends die erwartungsfreudige Mimik entgleist.

„Ich geh dann mal“, sagt Toby, ohne aufzustehen. Stattdessen schaut er mich mit seinem Bergseeblau an, als wäre es an mir, die entscheidende Frage zu stellen.

„Hast du Lust, mit mir eine Radtour zu machen?“, stoße ich heiser heraus.

„Gute Idee“, sagt Toby, als wäre es das Selbstverständlichste von der Welt. „Wann?“

„Heute Nachmittag? Um drei am Pavillon im Park?“, schlage ich vor.

„Gute Idee!“

„Ich freue mich!“, gestehe ich todesmutig.

„Cool!“, sagt Toby „Ich meine, ich mich auch!“ Er grinst schüchtern. Das sieht derart süß aus, dass ich laut schreien möchte.

Heute traumwandele ich nach Hause. Liv ruft an, aber ich gehe nicht ans Handy, sondern lasse es vibrieren. Mir ist jetzt nicht nach Reden. Ich schwebe auf Wolke sieben, da ist kein Platz für Geschichten von Opa Heinrich, Windeln oder von abstürzendem Mittagessen. Mit vorrückender Zeit verliert meine Wolke allerdings zusehends an Höhe. Worüber soll ich mit Toby reden? Ich habe wenig Hoffnung, dass er das Gespräch an sich reißt. Ich werde mit ihm zu meiner Eiche fahren, da treffen wir wenigstens auf niemanden, der uns kennt und sich das Maul zerreißt. Meine Hände schwitzen, mein Puls rast, dabei bin ich noch zuhause. Ich nehme Mama zum Abschied in den Arm, so elendig glücklich bin ich.

Von Weitem sehe ich Toby lässig mit einem Bein abgestützt auf seinem Fahrrad vor dem Pavillon warten. Vor Aufregung und Wärme wird mir ziemlich heiß unter der Mütze. Meine Stirn sieht seit zwei Tagen aus wie nach einem mittelschweren Bombenangriff. Pickel der Welt versammelt euch. Hier, auf Flos Stirn ist Platz für alle.

„Geht's gut?“, fragt Toby, als ich angeradelt komme. Er trägt keinen Ohrstöpsel, was mir schmeichelt.

„Klar. Wollen wir gleich los?"

„Wohin?"

Es ist erstaunlich, mit wie wenig Worten Toby durchs Leben kommt. Ich liebe ihn dafür. Ich kann sie nicht ausstehen, diese Schwätzer.

„Was hältst du davon, wenn wir ins Grüne radeln?", schlage ich vor, als würde es mir gerade erst einfallen.

„Okay."

Seite an Seite fahren wir nebeneinander her, den Wind im Rücken, vorbei an nach Sommer duftenden Wiesen. Toby fährt im Stehen, streckt sich lang in die Luft, ein Drache, der sich jeden Augenblick in die Luft erhebt. Wir biegen in meinen Feldweg ein, unsere Fahrräder springen wie Ziegenböckchen über die Schlaglöcher.

„Hier wären wir." Ich lasse mein Fahrrad ins Gras fallen. „Wollen wir eine Pause machen? Ich hab eine Decke dabei."

Bevor Toby den Mund aufmacht, gebe ich für ihn die Antwort.„Gute Idee, stimmt's?"

„Genau das wollte ich gerade sagen!", stellt Toby erstaunt fest. „Sag ich das so oft?"

„Hin und wieder", antworte ich grinsend und krame eine Decke aus meiner Fahrradtasche. Außerdem eine Flasche Cola und eine Tafel Schokolade.

Toby steht etwas ratlos herum und kratzt sich verlegen am Kopf. „Du hast ja an alles gedacht!"

Ich breite die Decke aus.

„Schön hier!“, sagt Toby und setzt sich neben mich.

„Ist die Eiche nicht toll?“ Ich deute auf meinen Baum. Hoffentlich sagt er jetzt nichts Blödes.

„Ziemlich riesig.“

„Ungeheuer riesig sogar. Die ist mindestens 500 Jahre alt.“

„Meinst du echt?“

„Na klar. Was glaubst du, wie lange es dauert, bis ein Baum so hoch gewachsen ist!“

Schweigend betrachten wir meine Eiche.

„Die hat wahrscheinlich schon verdammt viel gesehen!“, sagt Toby. „Vielleicht sogar die Ritter im Mittelalter. Das ist doch ungefähr 500 Jahre her, oder?“

„Darauf bin ich noch gar nicht gekommen“, muss ich zugeben. Der Gedanke gefällt mir. Ich könnte Toby dafür knutschen.

„Cool“, sagt Toby. „Vielleicht hat sogar ein Ritter die Eiche gepflanzt. Genau an dieser Stelle, weil er hier einen gefährlichen Gegner in die Flucht geschlagen hat. Oder er wurde hier mit dem Schwert zum Ritter geschlagen.“ Er greift nach dem imaginären Schwert und zerschneidet die Luft.

„An dieser Stelle hat der Ritter das erste Mal sein geliebtes Burgfräulein geküsst!“, sage ich und lache, bevor mir die Bedeutung der Worte klar wird und mein Gesicht entflammt wie eine Fackel in der Finsternis.

„Kann auch sein.“

Tobys Schwert fällt klirrend zu Boden.

„Hey, hast du schon gesehen? Wir sind berühmt.“ Toby kramt

sein Smartphone aus der Tasche, sucht etwas auf dem Display und hält es mir dann unter die Nase.

Ich greife danach und schwenke es in alle Richtungen. „Ich kann nichts erkennen, das Sonnenlicht blendet zu stark."

Kurz entschlossen zieht Toby seine Jacke aus und hält sie über unsere Köpfe. Mein Herz schlägt wie verrückt. Er rückt näher an mich heran, um mit auf das Display schauen zu können. Dabei berührt sein Arm meinen Rücken und meinen Hinterkopf. Ich erstarre. Noch nie waren sich unsere Gesichter so nah.

„Jetzt müsste es klappen. Tipp auf den Abspielpfeil."

Ich drücke und bin gespannt, was jetzt kommt. Meinetwegen dürfte er den Arm um mich legen.

Im ersten Moment kann ich in dem Durcheinander von Menschen keine Details ausmachen, aber schließlich erkenne ich Maik und Toby. Und mich! Ohne Zweifel, das bin ich während unserer katastrophalen ersten Aufführung als magische Bäume.

„Krähe ist so was von scheiße", fluche ich.

„Wir haben schon 123 Klicks", sagt Toby amüsiert.

„123? Oh mein Gott", jammere ich. „Das ist doch furchtbar." Mit Entsetzen starre ich auf meine ungeschickten Bewegungen und meinen vor Panik erstarrten Gesichtsausdruck. Ich sehe aus wie eine Idiotin!

„Ist das überhaupt erlaubt, das Video einfach ins Netz zu stellen? Krähe spinnt wohl!" Ich kann meinen Anblick nicht ertragen und klicke das Video weg. Toby nimmt die Jacke herunter und grinst.

„Sehr komisch“, sage ich nur. Irgendwie ist jetzt alles dahin.

Stumm starren wir in die Landschaft, ich zupfe Grashalme und versuche sie in der Mitte auseinanderzuziehen. Toby pflückt eine Kuhblume, knickt die buttergelbe Blüte ab und zerlegt den milchigen Stil in viele dünne Streifen, die sich wie Locken hübsch aufrollen. Anschließend legt er die Blüte wieder auf die Lockenpracht und hält sie mir hin.

„Kleiner Trost.“

Überrascht nehme ich sie an.

„Ich finde, du machst dich ganz gut auf dem Video. Ehrlich.“

Das Blätterrauschen meiner Eiche trägt mich wie eine sanfte Melodie, eine pummelige Hummel landet neben mir auf einer zierlichen Blüte und schaukelt auf dem langen dünnen Stil hin und her wie ein Schiff auf stürmischer See. Über dem Kuhblumenkunstwerk schaue ich in Tiefblau. Bevor mein Verstand Widerspruch einlegen und mich vom Schlimmsten abhalten kann, beuge ich mich zu Toby vor und drücke ihm einen Kuss auf die Wange.

„Hey, danke!“, sagt Toby und fährt mit der Hand über die Stelle. Aber er sieht alles andere als dankbar aus.

„Gute Idee?“, frage ich, um die Situation etwas zu entkrampfen, womit ich allerdings das Gegenteil erreiche, weil Toby den Witz nicht versteht. Wahrscheinlich fürchtet er jetzt noch mehr Küsse.

„Weiß nicht.“

„War ein Scherz ... das mit der guten Idee, meine ich.“

„Ach so!“

Die Magie des Augenblicks ist unwiederbringlich verpufft. Toby hält mich sicher für total verrückt, wer kann ihm das verdenken. Ich bin wirklich vollkommen meschugge!

„Lass uns abhauen.“ Ich springe auf, ziehe und zerre an der Picknickdecke, noch bevor Toby sich erhoben hat.

„Warte, ich helfe dir.“

Gemeinsam schütteln wir die Gräser von der Decke und falten sie zu einem kleinen Paket zusammen, das ich zurück in die Fahrradtasche stopfe. Als Toby nicht hersieht, lege ich unbemerkt das Kuhblumengeschenk oben drauf und verschließe schnell den Beutel.

Schweigend radeln wir nach Hause, der Wind kommt nun von vorne und wir müssen strampeln, um voranzukommen.

„Anstrengend“, rufe ich Toby zu, um irgendwas zu sagen.

„Und wie“, keucht Toby und legt sich flach auf den Lenker.

Der Gegenwind ist ein guter Vorwand für unser Stillschweigen und so kämpft jeder für sich gegen die Bö und die Erinnerung an den unliebsamen Vorfall.

„Wollen wir noch ein Eis essen gehen?“, fragt Toby, als wir den Park erreichen. Ich rechne ihm den Versuch hoch an, diesem verunglückten Nachmittag zu einem würdevollen Ende zu verhelfen, aber mitleidige Gesten kann ich nicht ertragen.

„Termin“, werfe ich ihm schulterzuckend hin.

„Ach so! Na dann.“

„Na dann!“

„Bis morgen, oder?“

„Klar. In der Schule!“

„Klar.“

Dann trennen sich unsere Wege. Ob er mir hinterherschaut? Wahrscheinlich nicht. Ich fürchte die Gewissheit und blicke deshalb stur nach vorne.

Meine Laune verbessert sich nicht, als ich zu Hause meine Sprachnachrichten abhöre. Papa erinnert mich an unsere Vereinbarung. Das einzig Gute, Mama ist bei ihrem Seminar und ich kann mich ungestört mit Keksen bewaffnet aufs Sofa lümmeln und Fernsehen gucken. Saublöde amerikanische Comedyserien mit eingebauten Lachern. Die beste Therapie bei zermürbendem Kopfkino, denn nach hundert dummen Witzen ist von deinem Hirn eh nicht mehr viel übrig. Auf dem Schoß habe ich meinen Laptop. Wieder und wieder schaue ich mir das Filmchen an, das Krähe ins Netz gestellt hat. Zwei Minuten und vierunddreißig Sekunden Gruselkabinett. Ich mache einen Screenshot, auf dem Toby in die Kamera blickt. Jetzt kann ich ihn mir jederzeit angucken. Ein kleiner Trost.

Später am Abend rufe ich Papa zurück.

„Hallo Flo. Hast du meine Nachricht erhalten?“ Im Hintergrund höre ich Musik und Geschirrklappern.

„Ist sie gerade bei dir?“, frage ich gereizt.

Doch Papa ignoriert meine Streitlust. „Passt es dir Freitagnachmittag?“

„Weiß nicht. Vielleicht."

„Vielleicht bringt uns nicht weiter."

„Meinetwegen ja."

„Meinetwegen ja klingt super", trällert Papa.

Widerlich, diese gute Laune. Wahrscheinlich streicht er seiner Freundin gerade über den schwangeren Bauch, während ich allein zu Hause hocke und meine Mutter ihr kaputtes Selbstbewusstsein saniert.

Ich bin echt frustriert und gehe noch vor acht Uhr ins Bett. Tobys Kuhblume lege ich auf die Nachtkommode. Die Löckchen hängen schlaff herunter und aus der gelben Blüte rieselt der Pollenstaub.

MITTWOCH: 6. JUNI

Mein Leben ist eine Baustelle, eine Anhäufung von Niederlagen und Enttäuschungen. Trotzdem strample ich weiter wie ein Hamster in seinem Laufrad, doch im Gegensatz zu dieser armseligen Kreatur ist mir die Hoffnungslosigkeit meines Tuns bewusst. Oder bin *ich* am Ende die armselige Kreatur, weil ich mich trotz besseren Wissens jeden Morgen erneut aus dem Bett quäle, das Gesicht wasche, Zähne putze und im Laufschritt mein Frühstück einwerfe? Welch frustrierende Bilanz nach 14 Jahren Existenz! Trotzdem kette ich mein Rad vor der Schule an wie einen Rohdiamanten, denn richtig erbärmlich wäre es, jeden Tag zu Fuß zur Schule gehen zu müssen. Der Gedanke, dass man noch tiefer sinken kann, tröstet mich. Ich habe den Abgrund folglich noch nicht ganz erreicht.

Während ich kopfüber mit dem Schloss kämpfe, vernehme ich plötzlich eine vertraute Stimme.

„Morgen!"

Überrascht blicke ich auf und Toby ins Gesicht.

„Morgen!", wiederholt er.

„Was ist morgen?", frage ich begriffsstutzig.

„Guten Morgen, meine ich!" Toby trippelt von einem Fuß auf den anderen.

„Musst du?“ Ich deute auf seine tanzenden Füße.

„Quatsch.“

Toby steht da und stiert mich an. Krampfhaft versucht er die Beine stillzuhalten, ich kann sehen, wie er sich darauf konzentrieren muss.

„War nett gestern.“

Eine warme sprudelnde Quelle bahnt sich einen Weg durch meine dicke Eisdecke. Ich schmelze.

„Fand ich auch“, hauche ich, zuckersüß.

„Echt? ... Super!“

Wir nicken einträchtig wie zwei Wackeldackel. Ich klammere mich an meinen ledernen Fahrradsitz, streichle über seine Sitzfläche, als liebkoste ich den Rücken eines Gauls.

„Können wir ja noch mal machen. Eine Radtour oder so“, sagt Toby und beginnt von Neuem hin und her zu tänzeln.

„Coole Idee!“, antworte ich und trommle auf meinen Sattel ein.

„Ich hab Krähe geschrieben, er soll das Video aus dem Netz nehmen.“

„Echt?“

Toby nickt.

„Danke. Ich hab gestern vielleicht etwas überreagiert ...“

„Geht klar ... er hätte uns fragen müssen. Du hast vollkommen recht.“

Ich könnte ewig so dastehen und mit Toby einer Meinung sein.

Doch dann platzt Maik wie eine Schneelawine dazwischen und begräbt unter seinen Schneemengen das aufkeimende junge Grün unserer Liebe.

„Was geht?"

„Nichts geht", rotze ich ihm hin. Wir blitzen uns an.

Ich habe keine Ahnung, was er von meinem Soloprogramm bei der letzten Theaterprobe mitbekommen hat. Die Sache mit Julia und der Farbe von seinem ... Iiih, ich kann es nicht mal denken. Wahrscheinlich fand er es cool, im Mittelpunkt zu stehen. Dafür ist ihm nichts zu peinlich. Maiks Rücken schiebt sich vor mich und versperrt mir die Aussicht auf Toby. Er kann mich mal.

„Wir sprechen", rufe ich Toby über das Hindernis hinweg zu. Ich bin heute viel zu glücklich, um mir von Maik den Tag verhageln zu lassen.

In der Pause macht mir Liv den Prozess. „Du hast gestern nicht abgenommen. Ich habe acht Mal angerufen." Kraftvoll beißt sie in ihr Butterbrot und schiebt ihre Brille in Position.

„Neun Mal", korrigiere ich sie. „Nicht sauer sein, ging einfach nicht."

Liv blickt mich nachdenklich von der Seite an. „Schwamm drüber! Du bist halt ein bisschen psycho."

„Selber psycho!"

In der Nähe des Schultors hetzen Toby, Maik und zwei aus der Parallelklasse einem Tennisball hinterher. Maiks Geschrei dringt über den Schulhoflärm bis zu uns hinüber.

Ich beobachte Liv neugierig aus den Augenwinkeln. „Witzige Sache mit Julia, oder?“

„Was genau?“, fragt Liv.

„Dass sie auf Maik steht, meine ich.“

„Ach so!“ Liv zuckt gleichgültig mit den Schultern. „Alle finden Maik toll. Die Konkurrenz ist groß.“

Ich gebe einen höhnischen Laut von mir. „Mich kannst du von der Liste streichen.“

Liv wendet mir betont langsam den Kopf zu und zieht die Mundwinkel hoch. „Ach was, erzähl mir was Neues.“

Ich ignoriere Livs Kommentar und ziehe die Schultern hoch. „Lass uns über was anderes reden ...“

„Keine Lust“, zickt Liv rum. „Ich vertraue dir alles an und du mir nichts.“

„Machst du mir etwa eine Szene?“

„Kann sein ...“

„Ich lass mich nicht erpressen.“

Liv zeigt mir einen Vogel. „Erpressen? Du spinnst doch. Schon mal was von Vertrauen gehört?“

Jetzt zeige ich Liv einen Vogel, stehe auf und gehe, weil mir das hier echt zu blöd wird. Niemand hat einen Anspruch auf mein Innenleben. Toby und ich, das geht nur mich was an.

„Ich weiß eh Bescheid“, ruft Liv mir hinterher. „Ich kann sie sehen, die Liebe. Du zeigst mir den Mittelfinger? Echt jetzt? Wie langweilig, Flo!“

FREITAG: 8. JUNI

Papa trommelt betont lässig auf das Lenkrad ein, aber sein rechtes Auge zuckt und verrät seine Nervosität. Seine Gesprächsversuche lasse ich ins Nichts laufen. Mehr kann er von einem Pflichtbesuch nicht erwarten. In seiner Wohnung schmeiße ich mich auf das Sofa und sehe Papa aus den Augenwinkeln beim Tischdecken zu. Mitleiderregend, sein Versuch, aus den Servietten was Nettes zu machen.

„Es wird ein Junge“, sagt er völlig unvermittelt während seiner missglückten Falterei. Er hält in der Bewegung inne wie beim Stopptanz.

„Gut“, antworte ich. „Danke für die Information.“

„Wollen wir uns darüber unterhalten. Ich meine … wir könnten …“

„Kein Bedarf.“ Ich wende Papa den Rücken zu. Was für ein beschissenes Leben. Wenn es Toby nicht gäbe … Der Gedanke an ihn ist tröstlich wie eine schnurrende Katze auf dem Bauch. Ich schließe die Augen und löse mich auf in Bergseeblau.

Wir warten bereits seit einer halben Stunde auf Maria. Der Kaffee ist gekocht, die süß duftenden Tortenstücke stehen auf den Esstisch bereit, die Servietten liegen nach einem langen Kampf platt und zerknittert neben den Tellern.

Ich rekele mich weiter auf dem Sofa, die Beine über die Lehne gehängt, und blättere in Papas neuen Kochbüchern. Von den Abbildungen bekomme ich Magenknurren und Speichelfluss wie ein sabbernder Bernhardiner. Papa tigert unruhig durch die Wohnung.

„Vielleicht hat sie einen anderen“, eröffne ich das Gespräch.

„Sehr witzig!“

„Kann doch sein! Einen Jüngeren.“

„Wie kommst du denn da drauf?“

„Weil du alt bist.“

„Ich und alt? Na hör mal!“

„Du hast graue Haare, also bist du alt.“

„Du kannst was erleben, mich derart zu ärgern!“ Blitzschnell macht Papa einen Satz auf mich zu, klemmt meine Füße unter seinen Arm und kitzelt mit der freien Hand unter den Fußsohlen, dass ich fast platze vor Lachen.

„Das ist Folter!“, schreie ich, versuche vergeblich, irgendwas von Papa zu fassen zu kriegen.

„Bettel um Gnade!“, verlangt Papa keuchend und größenwahnsinnig.

„Niemals! Eher sterbe ich!“

„Dann geht deine Zeit auf Erden jetzt zu Ende!“, verkündet Papa unerbittlich.

„Ich pinkel mich ein, lass mich los, alter Mann!“ Kreischend kneife ich Papa mit Wucht in die Seite, dass er vor Schmerz für einen Moment den Griff lockert. Meine Chance! Schnell und geschickt entwinde ich mich der Gefangenschaft und springe Papa mit Triumphgeschrei auf den Rücken, lege die Arme eng um seinen Hals, dass ihm gerade genug zum Atmen bleibt, und knote meine Beine vor seinem Bauch fest zusammen.

„Los, du alter Gaul, setz dich in Bewegung oder du landest auf dem Schlachthof!“ Laut wiehernd galoppiert Papa um das Sofa, versucht mit zwei Bocksprüngen vergeblich seine Last abzuwerfen und lässt sich schließlich lahm und entkräftet rückwärts auf die Couch fallen.

„Braves Pferdchen“, lobe ich das japsende Tier und kraule sein graues Fell. Ich bin wieder fünf Jahre alt. Ich schließe die Augen und lasse mich von dem wohligen Gefühl davontragen.

Wir warten eine weitere halbe Stunde. Papa starrt unentwegt auf sein Handy, als ließe sich ihm dadurch eine Nachricht abzwingen.

Als es dann an der Tür schellt, zucken wir erschrocken zusammen.

„Endlich“, seufzt Papa erleichtert.

Maria betritt den Raum. Nein, Maria *ist* der Raum. Sie ist von allem mehr als andere. Ihr Haar ist gelber und krauser, ihr Duft blumiger, ihre Gesten sind ausladender. Sie ist groß und kurvig, sie ist Offizier, Häuptling und Kapitän in einem. Selbstbewusstsein zum Überlaufen. Ich muss an Mama denken. Bestimmt wäre sie gerne wie Maria.

Mit beiden Händen umfasst Maria meine rechte.

„Wie schön, dich wiederzusehen!“, sagt sie und meint es so.

Ich betrachte ihre Ringe, ihren roten Mund. Papa nimmt sie flüchtig in den Arm. Ein Tritt in den Magen. Es sieht falsch aus.

Ich bin nicht verantwortlich für das Gelingen dieses Treffens, auch nicht für höfliche Konversation. Deshalb stochere ich ohne Appetit und mit gesenktem Kopf in meinem Erdbeerkuchen herum und versuche, die Übelkeit zurückzuhalten.

„Ich freue mich, dich näher kennenzulernen", richtet Maria das Wort an mich.

„Okay", antworte ich.

„Flo geht in die neunte Klasse", fällt Papa ein.

Oh mein Gott!

„Die Servietten sind schön hingelegt, Papa", gebe ich auf gleichem Niveau zurück.

Unsere Blicke treffen sich. Er sieht traurig aus. Verdammt! Ich hasse es, wenn er das macht. Wütend umklammere ich die Kuchengabel und presse die Lippen aufeinander.

„Wie geht's dem Baby?", presche ich vor. Weil ich es nicht aushalten kann, diesen Ausdruck eines unglücklichen Hundes.

Papa lächelt dankbar.

Er kann mich mal. Ich konzentriere mich darauf, Marias Anblick zu ertragen.

„Dem Baby geht es gut, Flo."

„Ich heiße Flora."

„Flora", korrigiert Maria.

„*Freunde* dürfen mich Flo nennen."

Wie erstarrt lauscht Papa dem kurzen Wortwechsel.

„Freundschaft braucht Zeit, nicht wahr?“, flötet er dann und sieht zwischen mir und Maria hin und her. Ganz dünnes Eis!

„Wo soll das Baby aufwachsen? Hier?“

„Wir wissen noch nicht ... erst mal wohnen wir weiterhin getrennt“, überschlägt sich Papas Stimme.

Ich lehne mich zurück. „Das ist schlau. Vielleicht lernst du eine andere Frau kennen, mit der du auch ein Kind möchtest.“

Maria zuckt nicht mal mit der Wimper. „Mag sein“, erwidert sie lediglich und pikst seelenruhig eine Erdbeere auf ihre Gabel. „Dann breche ich ihm alle Knochen.“ Sie beißt genüsslich in die Erdbeere.

„Maria!“, entfährt es Papa.

„Klingt nach einem Plan“, kommentiere ich und sehe hinunter auf meinen Teller, damit sie mein Grinsen nicht bemerkt. Marias Antwort hätte Liv gefallen.

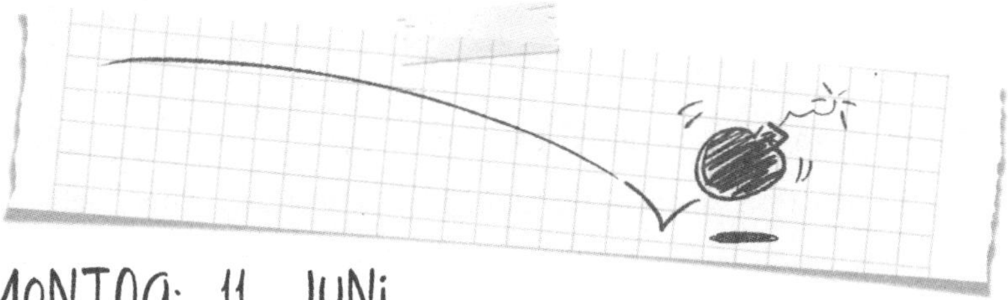

MONTAG: 11. JUNI

Maik taucht unerwartet an meiner Seite auf und schiebt sich mit mir durch die Schülermenge Richtung Klassenzimmer. „Toby kommt nicht zur Probe."

Ich versuche mir mein Entsetzen nicht anmerken zu lassen. „Wie ... kommt nicht?"

„Mandelentzündung, keine Ahnung."

„Mandelentzündung? Das dauert doch ewig!" Sauer remple ich vorsätzlich einen Fünftklässler, der zum Protest anhebt, aber beim Anblick meiner finsteren Visage still fluchend seiner Wege geht.

„Ein paar Tage vielleicht. Er wird es überleben. Auf alle Fälle müssen wir so lange ohne ihn weiterproben."

Na super. Toby ist krank und ich bleibe mit dem Idioten allein zurück. Ich verkneife mir eine abfällige Bemerkung, wenngleich ich auf ein stolzes Repertoire an geringschätzigen Beleidigungen zurückgreifen könnte.

„Sonst noch was?", frage ich, damit die Stimmung zwischen uns nicht zu vertraulich wird.

„Wir sehen uns", antwortet Maik unbeeindruckt und lächelt.

„Lässt sich nicht vermeiden", sage ich und lächle nicht. Aber Maik scheint heute sein Frühstücksmüsli mit Schokoflocken gegessen zu haben und zieht gut gelaunt einen imaginären Hut bis tief zum Boden. Ärgerlicherweise muss ich grinsen. Das zum Thema Selbstbeherrschung. Vielleicht steht darüber was in Mamas Psycho-Ratgebern: Beherrsche dich selbst und dann die anderen.

Während der nächsten zwei Mathestunden starre ich wie gebannt auf den leeren Platz in der dritten Reihe. Wenn man sich gefunden hat, ist das Leben ohne den anderen nicht vorstellbar. Mir wird ganz schwummrig von der unermesslichen Dimension dieses Gefühls. Ich seufze schwer. Zu schwer, ich werde zum Vorrechnen an die Tafel zitiert und die Größe des Augenblicks schrumpft zusammen auf die einer schrumpeligen, pockigen Kröte. Ich habe in der letzten halben Stunde so gut wie nichts von dem besprochenen Stoff mitbekommen.

„Kleines Formtief, was?“, wirft mir Liv später im Vorbeigehen hin.

Ich halte sie am Oberarm fest, damit sie mir nicht entwischt. „Hör mal, Liv, lass uns aufhören zu streiten, okay?“

Liv baut sich vor mir auf, um einen Vortrag zu halten. Darin kommt wiederholt das Wort Vertrauen vor, außerdem Vertrauen und ... ja, genau, von Vertrauen ist die Rede.

Ich seufze und sage zu allem ja. Liv meint es gut, aber mir ist nicht zu helfen. Ich bin nicht gemacht fürs Reden, ich forme wie eine Auster aus meinen Gefühlen eine kleine Perle. Oder aber fauliges, gammliges Austernfleisch. Meistens Letzteres.

„Gut, dass wir einer Meinung sind“, schließt Liv ihre Rede

ab. „Und jetzt erzähl mal, du hast doch am Freitag deinen Vater getroffen, oder?“

„Daran erinnerst du dich?“

„Na klar, würdest du doch auch.“

Das bezweifele ich. Aber ich nehme mir fest vor, in Zukunft öfter nach ihrem Opa zu fragen.

„Mein Treffen mit Papa ... lass mich überlegen ... Erstens, es wird ein Junge. Zweitens, Papas Neue ist vielleicht auch seine Mörderin.“

Liv lacht.

Wir beobachten schweigend eine Horde Kerle, die wie Gockel mit herausgestreckter Brust den Schulhof überqueren, kühn und unbesiegbar. Einer von ihnen rotzt im hohen Bogen seinem Kumpel vor die Füße, der sich mit seinem Peiniger sogleich einen affigen Showkampf liefert.

Liv und ich stöhnen über diese miserable Vorstellung.

„Nicht alle Jungen sind bescheuert“, überlege ich laut. In bühnenreifer Zeitlupe wendet mir Liv den Kopf zu.

„Die Verliebtheit macht dich blind, Flo.“

„Kein bisschen blind, Madame Besserwisserin. Ich habe nämlich an meinen zukünftigen Monsterbruder gedacht und nicht an Toby.“ Erschrocken halte ich mit beiden Händen meinen Mund zu, aber die Worte haben bereits die Freiheit gefunden.

„Toby! Ich hab’s gewusst.“ Liv springt auf und boxt wie eine Wahnsinnige in die Luft. Irritiert glotzen die Kampfhähne zu uns herüber. Sie missverstehen Livs Begeisterungsausbruch und drehen dank der weiblichen Anerkennung nun endgültig am Rad. Sie rempeln und stoßen sich gegenseitig wie eine Horde verrückter Schimpansen.

„Habe ich extra gesagt, um dich zu foppen“, starte ich einen jämmerlichen und vergeblichen Versuch, das Gesagte ungeschehen zu machen.

„Beruhig dich, ich hab nichts Neues erfahren. Mir sind deine schmachtenden Blicke nicht entgangen.“ Liv kramt aus den Tiefen ihres Rucksacks einen Müsliriegel hervor und schält ihn umständlich aus seiner Verpackung. „Hach, den habe ich mir jetzt aber verdient, nachdem ich den Fall Flo so erfolgreich gelöst habe.“

„Niemals“, wehre ich kraftlos ab. „Niemals habe ich Toby *angeschmachtet*. Meine Gefühle sind platonisch, kapiert? Nur Geist und Herz!“

„Geist?“ Liv schüttelt energisch den Kopf. „In Tobys Kopf steckt höchstens ein Kopfhörer, aber sicher kein Geist.“

„Du bist bescheuert! Natürlich hat Toby Geist, einen besonders nachdenklichen und tiefen sogar, wenn du es genau wissen willst.“

Liv kichert albern. „Der kann ja nicht mal sprechen. Keine zwei vernünftigen Sätze bringt der hintereinander raus.“

„Und was ist mit Maik? Der ist doch wirklich verhaltensgestört!“, schlage ich zurück.

Liv funkelt mich an. „Maik ist witzig und er kann sprechen wie ein normal entwickelter Mensch.“

Ich tippe mir an die Stirn. „Liv, du hast den totalen Knall. Du solltest aufhören, die Bücher meiner Mutter zu lesen. Du bist schon ganz irre davon."

„Ich bin nicht irre, sondern psychologisch geschult", stellt Liv trocken fest. „Außerdem habe ich keine Lust mehr, mich von dir beschimpfen zu lassen, nur weil du dich in eine Knalltüte verguckt hast und Schiss hast vor Nähe." Damit dreht sich Liv auf dem Absatz um und geht grußlos. Frechheit!

„Du hast keine Ahnung", schreie ich Liv hinterher. „Ich habe ihn sogar schon geküsst und es war großartig!"

Die Jungenhorde schaut verwundert zu mir her.

„Is' was?!", brülle ich.

„Krieg ich auch einen Kuss?", ruft einer der Spaßvögel und spitzt die Lippen über einem geschmacklosen Totenkopf-T-Shirt. Gegröle und Schulterklopfen.

„Eher stecke ich mein Gesicht in einen Kuhfladen", fauche ich und stürme an ihnen vorbei zum Schulgebäude.

Als ich die Toilettentür zum Mädchenklo aufreiße, renne ich beinahe Tessa über den Haufen.

„Pass doch auf!", zischt sie mich an.

Die Begegnung mit Tessa ist mir superpeinlich nach meiner Solonummer vor ein paar Tagen. Als Tessa in der Tür stehen bleibt, fühle ich mich genötigt, irgendetwas zu meiner Verteidigung zu sagen. „Es tut mir leid! Julia hat mich provoziert und ihr habt auf dem Klo laut gesprochen von ... du weißt schon ..."

Tessa schlägt sich vor die Stirn. „Du hast uns belauscht! Jetzt kapiere ich endlich …“

Ich protestiere. „Habe ich definitiv nicht. Ich war zuerst da …“

„Ändert nichts an der Sache.“ Tessa winkt ab. „Julia hält mich für eine Verräterin. Was will ich mit einer Freundin, die mir nicht vertraut?“

„Kann sein. Aber die Beweislage war wirklich erdrückend …“

„Die Beweislage kann mich mal“, sagt Tessa.

Eine lärmende Mädchentraube fällt in die Toilette ein und unterbricht unsere Unterhaltung.

„Na dann …“, sagt Tessa zum Abschied.

„Na dann …“, gebe ich zurück und fühle mich irgendwie schuldig. Auch wenn Tessa recht hat mit der Vertrauenssache. Dieses Wort geht mir heute extrem auf die Nerven.

MITTWOCH: 13. JUNI

Wenn Liv spontan bei mir vorbeikommt, kann ich das auch. Johannes macht auf. Er killt gerade eine Banane, indem er sie mit zwei Bissen runterwürgt.

„Ist Liv da?“, fragen wir gleichzeitig.

„Sehr witzig“, grummele ich.

„Liv, Besuch“, schreit er über die Schulter zurück in den Flur und verschwindet in sein Zimmer, während ich wie ein Volldepp zurückbleibe.

Ich ziehe die Wohnungstür hinter mir zu und warte und lausche. Als sich nichts rührt, klopfe ich an. „Liv?“

Ein ohrenbetäubendes Gebrüll ertönt und Beleidigungen, die selbst mir Respekt einflößen. Als Liv die Tür aufreißt, guckt sie direkt in mein glückliches Gesicht.

„Du?“ Liv schiebt nervös die Brille hoch. „Ich dachte mein bescheuerter Bruder …“

„Wir haben mehr gemeinsam, als ich angenommen habe“, begrüße ich sie und schiebe mich an ihr vorbei.

„Mir fallen die Unterschiede stärker auf“, sagt Liv schnippisch.

Ihre Abwehr perlt an mir ab. Ich bin als Friedensbotschafterin unterwegs. „Warum streiten wir ständig? Das ist doch bescheuert.“

Liv betrachtet mich wie ein armseliges Pantoffeltierchen unter dem Mikroskop. „Um mir das zu sagen, hast du extra den weiten Weg auf dich genommen?"

„Ich dachte, du solltest das wissen", füge ich kleinlaut hinzu.

„Das muss dich große Überwindung gekostet haben", stellt Liv befriedigt fest. „Also nimm Platz und leiste mir und meinen Dienern Gesellschaft."

Hokus und Pokus liegen müde übereinander und heben nur kurz die Köpfe, als wollten sie mit letzten Kräften ihre Ergebenheit zum Ausdruck bringen.

Ich lasse mich in Livs gemütliches Sofa plumpsen.

„Opa Heinrich hat schon wieder was aus dem Fenster geworfen. Hühnerfrikassee. Vielleicht muss er ins Heim. Wegen der Gefahr für die Mitmenschen."

„Ehrlich gesagt habe ich noch nie davon gehört, dass verwirrte Alte eine Gefahr für die Menschheit sind", gebe ich zu bedenken. „Außer, sie werfen nicht nur die Erbsen, sondern gleich den ganzen Topf auf die Nachbarn."

Wir lachen.

In dem Moment schaut Livs Mutter herein.

„Bin kurz einkaufen. Hab einen Blick auf Jona."

„Ach neee ...", stöhnt Liv.

„Das war keine Bitte! Bin in einer halben Stunde wieder da. Jona sitzt in der Küche vor seiner Quarkspeise. Er darf erst spielen, wenn er die aufgegessen hat. Er weiß Bescheid."

Als ihre Mutter verschwunden ist, seufzt Liv schwer. „Brüder sind eine Plage. Aber das wirst du noch früh genug erfahren. Musik?“ Sie scrollt auf dem Handy durch ihre Playlisten.

Ich rücke neugierig an ihre Seite. „Wow, das sind eine Menge!“

Liv zuckt mit den Schultern. „Für jede Stimmung eine.“

Ich stoße einen Pfiff aus. „Respekt, du hast verdammt viele *Stimmungen*.“

„Ich bin eine komplexe Persönlichkeit“, sagt Liv. Mit einem Satz springt sie aus dem Schneidersitz auf die Beine, reißt die Zimmertür auf und schreit in den Flur: „Jona! Iss gefälligst den Quark auf, sonst kannst du was erleben.“ Ohne seine Antwort abzuwarten, knallt Liv die Tür wieder zu und lässt sich neben mich auf den Boden sinken. Wir hören Musik und chillen. Liv kann schweigen. Das ist neu.

Aus den Augenwinkeln sehe ich, wie sie aufsteht, erst den einen und dann den anderen Gecko aus dem Terrarium hebt und über die zierlichen Köpfchen streichelt.

„Nicht schlecht“, murmele ich.

„Willst du auch mal?“ Liv hält mir einen der Leoparden entgegen.

„Ich meine die Musik. Geh mir bloß weg mit den Viechern.“

„Stimmt, du bist ja nicht für Nähe“, bemerkt Liv.

„Haha, sehr komisch.“ Ich verschränke die Arme hinter dem Kopf und lege den Fuß auf das angewinkelte Knie.

Liv lässt wie immer nicht locker. „Hast du Toby tatsächlich ...?“ Sie spitzt die Lippen und schmatzt in die Luft. Nervensäge.

„Na klar!" Ich mustere eingehend meine Socke und ziehe sie hoch.

„Hätte ich nicht von dir gedacht. Und?"

Ich gähne. „Was und?"

„Na, wie war's?"

„Keine Ahnung ..."

„Wie, keine Ahnung?"

„Na, ganz gut, denke ich."

„Denkst du also? Ich glaube dir kein Wort."

„Dann lass es halt."

Jetzt versucht sie es mit der Bettelnummer. „Nun komm, sei keine Spielverderberin. Hast du wirklich oder nicht!"

Ich ziehe den Kopf ein wie eine Schildkröte, am liebsten würde ich mich im Inneren meines Hoodies verstecken. „Es stimmt und war einfach nur furchtbar. Toby hat geschaut, als hätte ich ihm eine geknallt. Noch niemals habe ich mich so geschämt. Jetzt weißt du es. Lass uns also bitte nicht weiter darüber sprechen."

„Dabei soll das Küssen zu den schönsten Dingen überhaupt gehören", murmelt Liv.

„Glaub dem Erfahrungsbericht einer Betroffenen."

Liv hakt nach. „Wie lange dauerte der Kuss? Eine Minute?"

„Spinnst du! Höchstens eine Sekunde. Wenn überhaupt. Und nur auf die Wange."

Liv atmet erleichtert aus. „Auf die Wange ... das zählt nicht! JONA, AUFESSEN!" Selbst die Leopardengeckos zucken zusammen, als Livs Gebrüll wie ein Squashball gegen die Wände knallt.

„Willst du, dass mein Trommelfell platzt?“ Mühsam erhebe ich mich aus der bequemen Liegeposition.

„Wohin willst du?“

„Aufs Klo.“

„Sag Jona, er soll seine Quarkspeise aufessen!“, ruft Liv mir hinterher.

Als ich durch den schmalen Türspalt in die Küche schaue, kann ich Jona nicht entdecken. Der Tisch ist leer, im Hintergrund dudelt leise das Küchenradio. Ein knackendes, knarrendes Geräusch, ich stoße die Tür weiter auf und blicke um die Ecke. Dort steht Jona mit dem Rücken zu mir. Ein Fensterflügel ist geöffnet, ein Schälchen mit Löffel steht auf der Fensterbank. Bevor ich eins und eins zusammenzählen kann, greift Jona danach und entleert den Inhalt des Schälchens aus dem Fenster.

„Was machst du da?“

Der Ertappte schnellt herum. Mit weit aufgerissenen Augen steht er da, das leere Schälchen in der Hand, aus dem die letzten Tropfen der Quarkspeise auf den Parkettboden tropfen. Der Anblick ist jämmerlich und herzergreifend.

„Bitte sag es nicht weiter!“, vernehme ich seine erstickte Stimme.

„Warum hast du das gemacht?“

Jona starrt auf seine Füße und schweigt.

„Nun sag schon.“

„Ich hasse Quarkspeise“, flüstert er.

„Und deswegen wirfst du sie aus dem Fenster?“

Plötzlich taucht Livs Kopf über meiner rechten Schulter auf und versucht an mir vorbei in die Küche zu gucken.

„Steigt hier eine Party?“ Liv schaut fragend zwischen Jona und mir hin und her. „Warum steht das Fenster auf, Jona?“

„Welches Fenster?“, fragt er.

„Na, welches Fenster schon. Das Fenster hinter dir natürlich!“

„Ich gehe dann mal aufs Klo“, versuche ich mich aus der Affaire zu ziehen, aber Liv hält mich am Arm fest.

„Was hat Jona angestellt?“, fragt sie mich.

Jona sieht mich angsterfüllt an.

„Er hasst Quarkspeise!“, erkläre ich Liv.

Jona lässt Kopf, Schultern und Arme hängen wie eine Marionette, die nach der Vorstellung an einem Kleiderbügel aufgehängt wurde.

„Ich fasse es nicht!“ Liv schiebt sich an mir vorbei in die Küche, packt Jona an seinen kraftlos herabhängenden Schultern und schüttelt ihn. „Hast du die Möhrensuppe und das ganze andere Essen auch aus dem Fenster geworfen? Sieh mir in die Augen, Jona!“

„Ich weiß nicht“, jammert der Beschuldigte unter Tränen.

„Dann erinnere dich gefälligst“, schreit Liv jetzt außer sich. „Wegen dir kommt Opa Heinrich vielleicht ins Heim, weil alle glauben, er wäre es gewesen. Heim, verstehst du? Das ist ein Gefängnis, ein Knast für alte Leute. Mit Gittern vor den Fenstern und einer Gefangennummer auf dem Rücken.“

„Das wollte ich nicht!“, ruft Jona. „Ich hasse Quark, aber ich will nicht, dass Opa Heinrich deshalb ins Gefängnis muss und das mit der Zahl.“ Verzweifeltes Schluchzen, Betteln und Flehen. Er schmiegt sich an Liv, die seinen zittrigen Körper umschlingt.

In der Zwischenzeit lasse ich mich aus dem Küchenfenster hängen, um zu sehen, was aus der Quarkspeise geworden ist. Sie ist auf niemandem gelandet, sondern liegt wie ein XXL-Taubenschiss auf dem Bürgersteig.

„Du darfst es keinem sagen!“, wimmert Jona, nachdem er wieder zu Atem gekommen ist.

Liv trocknet ihm mit ihrem Pulloverärmel das tränenverschmierte Gesicht ab. „Wir müssen es sagen, damit der Opa nicht ins Gefängnis kommt, verstehst du?“

„Aber dann muss *ich* vielleicht ins Gefängnis“, sagt Jona und erneut schießen ihm die Tränen in die Augen.

Liv lässt sich Zeit mit der Antwort. Zu viel Zeit. Sie ist ein Monster. Ich kicke sie mit dem Fuß an.

„Kinder darf man nicht ins Gefängnis schicken“, versichert Liv. „Es drohen dir höchstens ein paar Tage ... Fernsehverbot.“

Angesichts des möglichen Strafmaßes verzieht Jona nachdenklich das Gesicht. „Wie viele Tage?“, fragt er ernst.

Liv und ich grinsen uns an. Noch bevor sie ihm darauf eine Antwort geben kann, dreht sich der Schlüssel in der Wohnungstür.

Ein Riesentohuwabohu beginnt, alle reden oder schreien durcheinander. Ich halte mich abseits und versuche an etwas

Schönes zu denken, zum Beispiel an Toby. Wenn er wieder gesund ist, werden wir unsere Radtour machen. Aber dieses Mal läuft es perfekt, es muss einfach. Ich seufze, weil der Gedanke sich warm und wohlig anfühlt und weil die Gemüter sich beruhigt haben und Ruhe eingekehrt ist.

„Wir gehen hoch zu Opa Heinrich und überbringen ihm die frohe Nachricht“, entscheidet Liv. „Komm, Flo.“

Mir ist das gar nicht recht. Aber Liv besteht darauf. „Hast du Angst? Glaubst du, mein Opa beißt? Keine Sorge, seine Zähne liegen meistens im Müll oder stecken in der Sofaritze.“

Livs Mama lächelt mir aufmunternd zu. Jona liegt erschöpft in ihren Armen und schnieft, nachdem er das Verhör hinter sich gebracht hat. Schuldig im Sinne der Anklage: Lebensmittelentsorgung durch das Küchenfenster in mindestens acht Fällen.

Widerwillig schleiche ich hinter Liv das Treppenhaus hoch. Liv schließt die Wohnungstür auf und lässt mir den Vortritt in einen kleinen Flur, von dem insgesamt vier Türen abgehen.

„Wohnzimmer, Schlafzimmer, Küche, Bad“, erklärt Liv im Eiltempo und stößt eine der Türen auf. Sie zieht mich am Ärmel hinter sich her. Es riecht Gott sei Dank nicht nach Urin oder Schlimmerem. Auch nicht nach Moder, sondern eigentlich ganz frisch. Erleichtert folge ich Liv.

Das Zimmer ist hell und freundlich, all meine Befürchtungen zerschlagen sich, als ich den zierlichen alten Mann in seinem Ohrensessel erblicke. Ein Männchen eher. Seine Augen zwei helle Seen, deren Wasser am Ufer übertritt. Flaum statt Haare, ein hundert Jahre altes Küken. Die Hände rechts und links auf den Armlehnen wirken unnatürlich groß im Vergleich zu der zierlichen Gestalt. Der mächtige dunkelrote Sessel umfängt ihn wie eine Umarmung. Über den Knien eine Decke, auf dem Beistelltischchen ein Glas Orangensaft und eine Schale mit Schokokeksen.

„Opa, der Jona hat das Essen aus dem Fenster geworfen."

Der Opa nickt. „Der Bub", sagt er.

„Es tut ihm leid", schreit Liv in sein rechtes Ohr.

„Jaja, der Bub, wenn's ihm nicht schmeckt."

„Wir glauben jetzt nicht mehr, dass du es warst."

„Ist recht, ist recht." Dann greift er nach Livs Hand.

„Das ist meine Freundin", brüllt Liv und zeigt auf mich.

„Ist recht, ist recht", wiederholt der Opa einsilbig. Er erinnert mich etwas an Toby.

An der Wand über der Kommode hängen unzählige Familienfotos.

Liv deutet auf eine Schwarz-Weiß-Aufnahme. „Mein Opa Heinrich."

Ich staune nicht schlecht. Ein kräftiger Typ, strenge Gesichtszüge, einer, der Streit anfängt. Dann Opa Heinrich als Bräutigam, Opa Heinrich mit Baby im Arm, Opa Heinrich in einem schicken neuen Auto. Ich blicke mich um zu dem Männchen, das inzwischen die riesigen Hände auf dem Schoß gefaltet hält und mit offenen Augen träumt. Ich habe immer angenommen, das Leben eines Menschen sei wie ein Buch. Mit einem Anfang und einem Ende, und dazwischen ist man ein und derselbe Mensch, der größer wird und älter natürlich, aber trotzdem irgendwie der Gleiche bleibt. Doch in Wirklichkeit hat die erste Seite mit der letzten nichts mehr zu tun. So wie mein Leben heute nichts mehr mit meinem früheren zu tun hat. Eine Loseblattsammlung, jeder Luftzug verursacht ein neues Chaos.

FREiTAG: 15. JUNi

Toby ist noch immer krank. Meine Welt hat keine Farben mehr. Wie durch eine undurchdringliche Nebelschicht vernehme ich undeutlich Herrn Frohwerks Ausführungen. Plötzliche Unruhe, Stühle werden gerückt, Schultaschen gepackt.

„Wollen wir?“, fragt Maik.

„Wohin?“

„Hast du nicht zugehört? Wir sollen weiter unsere Rollen einstudieren. In der Arbeitsgruppe“, fügt er schnell hinzu, weil mein Gesichtsausdruck wohl zu deutlich seine Existenzberechtigung infrage stellt.

„Ach so.“ Ich schiebe mit dem ausgestreckten Arm meine Hefte, Bücher und Stifte in die Schultasche, schließe sie unter Gewaltanwendung und schlendere träge wie ein müdes Kamel hinter Maik her auf den Schulhof.

Wir postieren uns wieder unter dem kläglichen Blätterdach der bedauernswerten Pappel, breiten die mindestens genauso armseligen Notizen auf dem Boden aus und versuchen uns in der einen oder anderen Bewegung.

„Eigentlich mag ich Bäume, aber deshalb muss ich noch lange keiner sein“, sagt Maik, während er angestrengt die Aufzeichnungen entschlüsselt. „Wie war das noch … heben wir gleichzeitig den rechten Arm oder nacheinander: Du rechts, ich links, Toby wieder rechts …?“

„Ich mag Bäume auch“, erwidere ich und schwinge meine Äste im Wind. Dabei fällt mein Blick auf die schwarze Gewitterwolke, die sich wie ausgelaufene Tinte hinter dem Schulgebäude in unsere Richtung schiebt. „Besonders die Eiche, eine dicke Eiche nimmt es mit jedem Gewitter auf.“ Ich deute auf den schwarzen Himmel.

„Oh Mist“, flucht Maik und sammelt hektisch die verstreuten Zettel ein. „Lass uns abhauen. Wie wär's, wollen wir in der Eisdiele weiterarbeiten?“

„Wenn die uns erwischen, gibt's Ärger!“

„Dann lassen wir uns halt nicht erwischen.“ Maik blickt auf sein Handy. „Wir haben noch vierzig Minuten Zeit, bis wir uns wieder treffen.“ Anschließend wirft er einen kritischen Blick in den Himmel. „Und ungefähr drei Minuten, bis wir klitschnass sind.“

„Also nichts wie los“, beschließe ich, erfreut über die Aussicht auf eine kleine Portion Abenteuer.

„Die Luft ist rein“, stellt Maik nach einem flüchtigen Rundumblick fest und läuft los. Das Schulgelände kann nur durch den Haupteingang oder durch einen schmalen Zugang direkt am Schulhof verlassen werden, beide Fluchtwege sind von allen Seiten gut einsehbar.

„Nicht rennen“, rufe ich Maik hinterher. „Dadurch machen wir uns nur verdächtig.“

Also schlendern wir gemächlich Richtung Freiheit, grinsen siegessicher in uns hinein, während sich die düstere Gewitterwolke langsam über unsere Köpfe schiebt. Maik und ich beschleunigen das Tempo, nur noch wenige Meter und wir sind außer Sichtweite. Während wir um die Ecke biegen, bricht über uns ein markerschütternder Donner herein.

„Das ist die Strafe für unsere Schandtat“, schreit Maik gegen den Wind an und lacht. Wir rennen los. Der Wind schiebt uns mit solcher Kraft voran, dass ich das Gefühl habe, meine Füße berührten kaum den Boden.

„Ich hebe gleich ab“, brüllt Maik und streckt die Arme wie Flügel von sich.

„Ich fliege“, schreie ich und überhole Maik mit wedelnden Schwingen.

Durch die Lüfte gleitend erreichen wir die Parkanlage. Auf der anderen Seite ist bereits die Eisdiele zu erkennen. Mit dem zweiten Donnerschlag ergießt sich der Regen wie aus Kübeln über uns. Riesige Tropfen platschen auf die Erde und durchnässen uns bis auf die Socken. Ich spüre die kühle Feuchtigkeit durch meine Kleidung, die Jeans klebt an meinen Beinen, die Nässe durchdringt nicht nur meinen Hoodie, sondern inzwischen auch mein T-Shirt darunter.

Maik läuft vor mir, längst hat er es aufgegeben, seine Schultasche als Regenschutz über den Kopf zu halten. Wir sind rettungslos eingeweicht.

„Jetzt eine heiße Schokolade.“ Maiks nasse Haare sind dunkel geworden, er streicht die feuchten Strähnen aus der Stirn und hält sein Gesicht in den Regen, während wir schnellen Schrittes auf die Eisdiele zusteuern. Unter der herabgelassenen Markise haben sich einige Passanten vor dem plötzlichen Regenguss in Sicherheit gebracht. Wir schieben uns an ihnen vorbei und setzen uns drinnen auf zwei Korbstühle an einen runden Metalltisch. Ein schlecht gelaunter Kellner fragt nach unserer Bestellung.

„Wir hätten den Regen nicht besser abpassen können", stelle ich fest.

Maik strahlt. „So eine kleine Erfrischung weckt die Lebensgeister."

„Weckt? Du meinst wohl eher ertränkt. Ich werde niemals mehr richtig trocken, ich weiche komplett auf", jammere ich und halte den triefend nassen Ärmel in die Höhe. Endlich kommt unsere heiße Schokolade, die köstlicher schmeckt als jemals zuvor. Ich lege meine Hände um den warmen Becher, eine Miniaturheizung, am liebsten würde ich meinen ganzen Körper drumherum wickeln.

„Du hast ganz blaue Lippen", sagt Maik. „Ist dir kalt?"

„Und wie! Dir etwa nicht?"

Maik zuckt mit den Schultern. „Ein bisschen schon, aber nicht schlimm. Warte mal." Er kramt aus den Tiefen seiner Schultasche ein T-Shirt hervor und hält es mir hin. „Zieh das an, dann wird dir wärmer."

„Brauchst du es nicht selbst?", stammle ich verlegen. „Ich weiß auch gar nicht, ob es passt."

„Probier's halt aus. Beeil dich, bevor du erfrierst."

Gehorsam verschwinde ich mit Maiks T-Shirt auf der Damentoilette. Ich schäle mich zitternd aus den nassen Sachen und trockne mich dürftig mit dem harten Papier aus dem Spender ab. Anschließend streife ich Maiks T-Shirt über, das meines Ermessens gerne eine Nummer größer sein dürfte. Ich drehe und wende mich vor dem Spiegel. Eindeutig brustbetont. Dafür trocken. Ich ziehe und dehne das T-Shirt in die Breite, allerdings ohne sichtbaren Erfolg.

„Passt doch, vielleicht ein bisschen zu groß, aber das magst du ja", begutachtet mich Maik von oben bis unten. Ich möchte im Boden versinken.

„Ist okay", brummele ich. „Danke."

Schweigend schlürfen wir unsere Schokolade und betrachten die aufgemalten Bewegungsabläufe, die Maik auf den Tisch gelegt hat.

„Eigentlich haben *wir* die Hauptrollen", sagt Maik. „Überleg doch mal, wir stehen fast das ganze Stück über auf der Bühne."

„Na, das erzähl mal Julia", kichere ich.

„Ach die." Maik zieht ein abfälliges Gesicht. „Das habe ich mir gedacht, dass dir Eichen gefallen", sagt er unvermittelt.

„Wieso?", frage ich überrascht.

„Weil du auch so bist, irgendwie." Maiks Stimme wird zum Ende des Satzes leiser, er beugt den Kopf vor und blättert geschäftig in den Zetteln herum.

„Wie denn?"

Maik bringt weiter die Zettel durcheinander und schweigt.

„Wie denn?“, wiederhole ich und verpasse ihm unter dem Tisch einen leichten Tritt, damit er über der Antwort nicht einschläft.

„Genauso stark“, sagt Maik.

Mit der Antwort habe ich nicht gerechnet. Auf der Stelle schießt mir das Blut in den Kopf. Ich habe die längste Zeit gefroren, mein Körper fühlt sich an wie ein heißer Kohleofen.

„Was für ein Chaos“, flucht Maik und wedelt mit unseren Notizen. Er kann mich nicht mehr ansehen, seine Augen flattern unruhig umher. Erschrocken halte ich die Luft an. Wie sollen wir jemals wieder normal miteinander umgehen, nachdem er die Stark-Sache gesagt hat? Ich versuche mich abzulenken, da kommen mir Livs Zwerge zu Hilfe. Sie sitzen auf dem Rand des Nachbartisches, lassen die Beine runterbaumeln und winken. Einer schwenkt eine brennende Wunderkerze hin und her. Sehr lustig. Ich strecke ihm die Zunge raus.

„Was machst du?“, fragt Maik überrascht und sieht sich um.

„Ach nichts“, versichere ich schnell. Dann sehen wir uns doch in die Augen. In dem Kakao muss was dringewesen sein. Irgendein Durchdrehmittel, irgendein Kraut, von dem ich Sehstörungen kriege. Denn ich entdecke plötzlich tausend Kleinigkeiten in Maiks Gesicht, die mir vorher nicht aufgefallen sind. Ein helles kleines Muttermal über seiner Lippe, eine winzige kahle Stelle in seinen Augenbrauen, karamellfarbene Tupfer in seinen braunen Augen.

Die Sonne durchbricht die Wolkendecke und sogleich jagen sich helle Lichtflecke auf unserem Tisch. Plötzlich habe ich die verrückte Idee, dass all das nur für uns arrangiert ist, das Gewitter, der Regenguss, die Lichtflecken. Wir sind Teil einer Geschichte, Figuren eines grandiosen Plans, eines ausgeklügelten Drehbuchs. Wie in unserem Theaterstück, die Natur ist eingeweiht in unsere Vorsehung. Der Gedanke verursacht mir eine Gänsehaut, ich muss lachen über den Wahnsinn, den mein durchgeweichtes Gehirn fabriziert.

„Was ist so komisch", fragt Maik irritiert.

„Nix", winke ich ab. „Was denkst du, können Bäume tatsächlich das Schicksal vorhersehen, wie unsere magischen Bäume, meine ich?"

Maik schüttelt sich. „Das wäre echt spooky."

Als wir die Eisdiele verlassen und zur Schule zurückgehen, erinnern lediglich vereinzelte Pfützen und das feucht glänzende Gras des Parks an das kurze, aber heftige Gewitter.

Ich lasse mich ein bisschen zurückfallen, um Maik unbemerkt zu beobachten. Klappt aber nicht, weil er sich gleich nach mir umdreht.

In der Aula stehen die anderen in Grüppchen zusammen. Herr Frohwerk ist nirgends zu entdecken. Ich halte meinen Tornister vor den Bauch, damit Maiks T-Shirt nicht sofort ins Auge fällt und wegen meiner Brust, die niemanden etwas angeht.

„Was trägst du für ein seltsames Shirt?", fragt Liv, als ich mich neben sie auf den Stuhl fallen lasse. Ich stottere Unglaubhaftes, bis Liv mir ins Wort fällt. „Das gehört Maik, ich erkenne es wieder. Seid ihr nass geworden?“

„Gibt es eigentlich irgendwas, was du nicht bemerkst?“, frage ich entsetzt.

„Wenig“, sagt Liv.

Maik sitzt einige Reihen vor uns und unterhält sich mit seinem Sitznachbarn. Seine Finger spielen Klavier auf der Tischplatte.

„Was ist eigentlich mit Toby?“, reißt mich Liv aus meinen Gedanken.

Toby ... den hatte ich völlig vergessen.

Nach Schulschluss fängt mich Tessa am Fahrradständer ab. „Hallo Flo. Hast du Zeit? Musik hören oder so?“

„Heute ist es schlecht“, lüge ich.

„Warum? Was vor?“

Ich nicke.

„Dann sag einen anderen Termin“, meint Tessa. Sie macht nicht den Eindruck, als ob sie sich abschütteln ließe.

„Vielleicht Montag? Nach der Schule?“

Tessa spitzt nachdenklich die Lippen und zieht ihr *Alles cool?*-T-Shirt glatt.

„Abgemacht. Ich komme um 14 Uhr zu dir. Tschüss dann!“

„Tschüss dann!“

Verblüfft sehe ich der Davonradelnden hinterher.

Zu Hause verbanne ich sogleich Maiks T-Shirt in den Wäschekorb. *Stark wie eine Eiche.* So ein Blödsinn. Vermutlich macht mich Tobys Abwesenheit schon ganz irre. Ich vermisse ihn so sehr, dass es wehtut. Deshalb beschließe ich, den Rest des Tages mit ihm zu verbringen. Ich vergrößere auf dem Laptop den Screenshot von seinem Gesicht und zeichne es mit Kohlestiften ab.

Montag: 18. Juni

Tobys Platz bleibt leer, bereits den vierten Tag. Mein Magen krampft sich zusammen, als würde mir die Leere in den Bauch treten.

„Nicht vergessen!“, sagt Tessa, die sich in der Pause an mir vorbeischiebt und mich vielsagend ansieht. Wie könnte ich? Den ganzen Tag grübele ich darüber nach, wie ich dieser Verabredung aus dem Weg gehen könnte. Tessa und ich haben einfach keine Gemeinsamkeiten.

„Sie erzählt es jedem“, sagt Liv, die zu berichten weiß, dass Tessa unser Date an die große Glocke hängt.

„Warum macht sie das?“, frage ich verärgert. „Das geht doch niemanden etwas an.“

„Ist doch sonnenklar“, meint Liv. „Sie will sich an Julia rächen, indem sie für alle sichtbar mit dir abhängt.“

Ich lege meinen Kopf Trost suchend auf Livs Schulter. „Kannst du nicht mitkommen?“

„Keine Chance“, wehrt Liv entschieden ab. „Das muss ich mir wirklich nicht geben. Die geht mir ja schon in der Schule auf die Nerven.“

„Du bist gemein. Ich dachte, du bist meine Freundin ...“

„Bin ich das?“, fragt Liv. Wirklich ausgesprochen haben wir

es tatsächlich noch nie. „Oh“, ruft sie beglückt aus. „Ja, ich will deine Freundin sein. Aber in dieser speziellen Angelegenheit: ohne mich!“

„Hast du nicht wenigstens einen schlauen Psychotanten-Rat für mich?“

„Augen zu und durch“, sagt Liv ohne einen Funken Mitgefühl.

Nach der Pause verbarrikadiere ich mich auf dem Klo, bis alle in der Klasse sind, um Maik nicht in die Arme zu laufen. Lästig genug, dass er neben Tobys leerem Platz sitzt und demnach immer in meinem Sichtfeld. Drei Minuten nach Erschallen der Schulglocke wage ich mich aus meinem Unterschlupf wieder ans Tageslicht. Im Spiegel kontrolliere ich vorher den unförmigen Sitz meiner Kapuzenjacke. Tadellos.

Während ich den menschenleeren Schulflur zum Klassenzimmer entlanggehe, höre ich hinter mir sich nähernde Laufschritte.

„Hey Flo, warte!“

„Was machst du denn noch hier?“, frage ich Maik im Weitergehen.

„Dasselbe könnte ich dich fragen.“ Maik hält zur Erklärung ein Päckchen Kreide hoch. „Auftragsarbeit.“

„Dein T-Shirt bekommst du morgen wieder. Muss erst noch gewaschen werden.“

„Kein Problem, hab genug andere. Hat dir gut gestanden. Behalt es, wenn du willst.“

Ich bleibe abrupt stehen. „Spinnst du. Ich laufe doch nicht mit deinen Klamotten rum. Was für eine bescheuerte Idee.“

Maiks Dauergrinsen verglüht, verdattert zieht er die Schultern hoch. „Hast recht. War nur so dahergesagt."

„Genau das ist dein Problem", trete ich nach. „Du quatschst ohne Sinn und Verstand."

„Ich hab dir nichts getan, also knurr mich gefälligst nicht an. Pass auf!" Maik fasst mich am Ärmel und zieht mich in letzter Sekunde aus der Schussbahn. Der Tennisball schießt an uns vorüber und schlägt hart an der gegenüberliegenden Wand auf. Gekicher, ich erkenne am anderen Ende des Flurs zwei Jungen, die mit dem Eishockeyschläger durch die Luft wedeln, bevor sie polternd wie eine Horde Elefanten die Flucht antreten.

„Ihr könnt was erleben", brüllt Maik und lässt schließlich meinen Ärmel los. Intuitiv greife ich an die Stelle, meine Knie sind weich wie Götterspeise. „Sind denn heute alle bescheuert!", flucht Maik, dreht sich auf dem Absatz um und lässt mich stehen. Kleinlaut folge ich ihm, kämpfe gegen das unbestimmte Gefühl an, alles falsch zu machen.

Zuhause angele ich Maiks ungewaschenes T-Shirt aus dem Wäschekorb und betrachte das Streitobjekt eingehend von allen Seiten. Ob es nach Maik riecht? Ich schnuppere daran wie ein abgerichteter Spürhund.

„Flo?"

Während ich auf dem Boden kniend an einem Stück Baumwolle schnüffele, steht Mama in der Badezimmertür und betrachtet mich mit offensichtlichem Erstaunen, gefolgt von Tessa, die auf den Zehenspitzen stehend meiner Mutter neugierig über die Schulter blickt.

„Du hast Besuch“, sagt Mama überflüssigerweise und deutet vage hinter sich.

Ich winke Tessa aus der demütigenden Bodenposition zu. „Ich sortiere gerade die Schmutzwäsche, bin gleich bei dir.“

Mama brilliert in dem Moment durch bedingungslose Solidarität. „Danke, dass du dich noch darum gekümmert hast. Den Rest erledige ich.“ Sie wendet sich erklärend an Tessa. „Ich arbeite zurzeit viel, Flo hilft, wo sie kann.“

Hektisch stopfe ich Maiks T-Shirt zurück in den Wäschekorb und schiebe Tessa in mein Zimmer, das sich in einem peinlichen Verwüstungszustand befindet. „Hab nicht so früh mit dir gerechnet“, bringe ich als Entschuldigung für das Chaos vor.

Tessa mustert mit unverhohlener Neugierde Wände und Schränke. Mit wenigen Handgriffen räume ich meinen Sessel frei, damit sie sich setzen kann. Sie entdeckt das Porträt von Toby auf meinem Schreibtisch und hält zielsicher darauf zu. Das Blut in meinen Adern beschleunigt auf 200 km/h.

„Du malst?“

„Ich zeichne“, stelle ich richtig und eile zu ihr. „Beim Malen verwendet man Pinsel und Farben. Ich arbeite mit Kohlestiften und Tusche.“

„Aha ... interessant“, sagt Tessa gleichgültig, während sie das Bild hochnimmt und eingehend betrachtet. „Der Typ kommt mir bekannt vor.“

Mit einem beherzten Griff jage ich es ihr ab, ziehe die Schublade auf und lasse es darin verschwinden. „Noch nicht fertig“, erkläre ich knapp.

Tessa dringt dreist in mein Gesicht ein. „Du bist rot geworden, feuerrot.“

Ich hüstele und drehe mich weg. „Weil das Porträt nicht gut geworden ist ... übrigens ... ist mein Vater ... als Junge ... wird ein Geschenk.“

„Dein Vater? Wirklich?“ Tessa zieht ihre nachgemalten Augenbrauen hoch und zupft an ihrem lila Bolero-Jäckchen über einem *Only me*-T-Shirt. „Dein Vater ähnelt jemandem, den ich kenne. Ich komm nur grade nicht drauf, wer das ist.“ Wie selbstverständlich streckt sich Tessa behaglich auf meinem Sessel aus, als wären wir seit Jahr und Tag beste Freundinnen.

„Ich bin echt nicht sauer, wegen der Geschichte mit Julia“, sagt sie schließlich. „Das wollte ich dir eigentlich noch mal sagen, in Ruhe, nicht in der Schule, da hört doch immer irgendwer mit, selbst auf dem Klo!“ Tessa zeigt auf mich und schüttelt grinsend den Kopf. Dann schlägt sie beide Hände vors Gesicht. „Und worüber wir gequatscht haben, Julia und ich. Wie peinlich ist das denn!“

„Das war ein Volltreffer!“, stimme ich zu. Ich bin so was von erleichtert, dass sie Toby nicht erkannt hat. Auch wenn das nicht für meine Zeichenkünste spricht.

„Julias Beschuldigung war total fies“, murmelt Tessa. „Als wenn ich jemals weitererzählen würde, was sie mir anvertraut.

Ich bin verschwiegen wie ein Grab. Kein Wort, nicht mal unter Folter! Das ist mein Charakter, ich kann nicht anders." Sie blickt mich aus treuherzigen Hundeaugen an. „Ich glaube, du bist auch so. Ehrlich von Natur aus."

„Weiß nicht", wiegele ich ab und frage mich beunruhigt, wie lange sie zu bleiben gedenkt. Erst einmal macht sie keine Anstalten zu gehen, stattdessen legt sie die Beine über die Sessellehne, verschränkt die Arme hinter dem Kopf und starrt an die Decke.

„Wenn du mich fragst ...", sie macht eine dramatische Pause, „... ist Julia eifersüchtig auf dich." Tessa dreht sich auf die Seite und schaut mich an. „Weil du dich so gut mit Maik verstehst."

„Seit wann verstehe ich mich gut mit Maik?", brause ich auf. „Der Typ geht mir total auf die Nerven."

„Ach was?" Tessa setzt sich auf. „Das sieht aber nicht so aus."

„Mir doch egal, wonach es aussieht", kürze ich die unangenehme Unterhaltung ab, aber Tessa lässt nicht locker.

„Es wird erzählt, ihr würdet viel alleine unternehmen ..."

„Wer behauptet denn so einen Schwachsinn?"

Tessa beugt sich zu mir vor und erklärt mit verschwörerischem Unterton: „Ihr wurdet bei einem Rendezvous in der Eisdiele gesehen."

Ich tippe mir an die Stirn. „Das war doch kein Rendezvous!"

„Es stimmt also? Ihr seid in der Eisdiele gewesen?"

„Ohne meinen Anwalt verweigere ich jede weitere Aussage."

„Also echt", stößt Tessa entrüstet aus, „ich verhöre dich doch nicht."

„Wir haben für den Theaterkurs gelernt. Toby ist krank, deshalb waren wir nur zu zweit. Das kannst du jedem sagen, der etwas anderes behauptet."

Tessa lässt sich zurückfallen und verschränkt die Arme vor der Brust. „Hab ich mir gedacht, dass an dem Gerücht nichts dran ist! Maik und du, das passt auch nicht! Maik ist irgendwie supercool und du bist eher, wie soll ich sagen … natürlich." Sie zuckt entschuldigend mit den Schultern. „Im Sinne von Naturmädel, verstehst du, wie ich das meine?"

Ich lächle süßlich. „Das sieht Maik aber ganz anders", antworte ich beiläufig und beginne, die herumliegenden Klamotten zu falten, mit einem Auge auf Tessa schielend, die sich vor Spannung kerzengerade macht.

„Wie meinst du das?" Sie ist erstaunlich beherrscht.

„Ach nichts", antworte ich gedehnt. „Vergiss es einfach."

„Gesagt ist gesagt!", drängt Tessa.

„Immerhin hat er mir sein T-Shirt schenken wollen", murmele ich kaum vernehmbar und könnte mich im selben Moment für meine verfluchte Eitelkeit ohrfeigen.

Tessa bleibt vor Verblüffung der Mund offen stehen. Ihr glänzender Ballerinaschuh, den sie zuvor lässig auf ihrer Fußspitze hin- und hergewippt hat, segelt zu Boden.

„Er hat was …? Er wollte dir ein T-Shirt schenken?"

„*Sein* T-Shirt", betone ich.

„*Sein* T-Shirt", wiederholt Tessa und sieht mich an wie einen Flaschengeist, der einen schlechten Witz erzählt, statt Wünsche zu erfüllen. „Das kann nur eins bedeuten!“, sagt sie schließlich, bückt sich nach ihrem Schuh und streift ihn wieder über den Fuß.

„Und was, bitte schön?“, frage ich so beiläufig wie möglich.

„Das ist doch klar“, sagt Tessa, die sich inzwischen wieder gefasst hat, die Beine erneut tiefenentspannt über die Lehne legt und eine einzelne Haarsträhne zu einem Zopf flechtet. „Er liebt dich!“

Als Tessa endlich weg ist, stopfe ich als Erstes Maiks T-Shirt in die Waschmaschine, 60 Grad. Damit ist für mich die Sache erledigt. Und ich will kein Wort mehr darüber hören!

DiENSTAG: 19. JUNi

Liv fängt mich am Haupteingang ab und zieht mich in einen ruhigen Korridor an den Sporthallen. „Du bist das Gespräch des Tages!“, überschlägt sie sich. „Julia steht regelrecht auf den Tischen und erzählt es jedem, der es hören will.“

„Tessa?“, frage ich, wenngleich ich mir im Grunde meines Herzens die Antwort darauf selbst geben kann. Mein ungutes Gefühl behält recht.

Tessa hat die Neuigkeiten des nachmittäglichen Besuchs wie backfrische Brötchen an Julia verkauft.

„Ich habe mir gedacht, dass die beiden unter einer Decke stecken“, bestätigt Liv meine unausgesprochenen Befürchtungen. „Eine Krähe hackt der anderen kein Auge aus. Julia erzählt, du würdest Maiks T-Shirts tragen, weil ihr ineinander verknallt seid. Und ihr würdet euch während des Unterrichts aus der Schule schleichen, um gemeinsam in der Eisdiele Händchen zu halten.“

„Die spinnt doch total!“ Ich schlage mit der geballten Faust gegen das Mauerwerk, dass mir vor Schmerzen die Tränen in die Augen schießen. „So eine bescheuerte Kuh!“

„Dabei ist sie selbst in Maik verknallt!“

„Wieso selbst?“

„Wie meinst du ...?“ Liv reißt überrascht die Augen auf.

„Du hast gesagt *selbst*, Julia sei *selbst* in Maik verknallt.“

„Nun ja ...“, druckst sie herum, „dein Gesichtsausdruck, als du sein T-Shirt ...“

„Spinnst du?“, fauche ich Liv an. „Gehörst du jetzt zu denen? Hat dich Julia um ihren Finger gewickelt, oder was?“

„Red keinen Quatsch, Flo! Ich bin deine Freundin, zweifelst du etwa daran?“

Ich lasse mich an der Wand auf den Boden gleiten und ziehe die Knie wie Schutzschilder an meinen Oberkörper. „Ich weiß überhaupt nicht mehr, wem ich noch was glauben soll!“

„Lass dich doch nicht provozieren. Zeig denen einfach die kalte Schulter. Und wenn es sowieso nicht stimmt, kann es dir doch egal sein.“

„Meinst du wirklich?“

Liv gibt darauf keine Antwort, sondern hält mir die Hand hin, um mich hochzuziehen.

„Du weißt doch, dass ich mich für Toby entschieden habe“, erinnere ich sie, als wir dicht voreinanderstehen.

„Das kann sich ändern“, sagt Liv.

„Bei mir ändert sich das nicht!“

„Und was ist, wenn dir Toby nicht mehr gefällt?“

„Das wird nicht passieren!“, gebe ich barsch zurück. Ich will an Tobys blaue Augen denken, doch je mehr ich mich anstrenge, desto nebulöser und verschwommener wird meine Erinnerung an ihn.

Liv greift nach ihrer Schultasche. „Wie du meinst. Lass uns gehen, sonst kommen wir zu spät."

„Ich muss mal, warte nicht auf mich", wimmele ich Liv ab und verschwinde hinter der Tür der Mädchentoilette, wo ich einige Minuten wartend ausharre. Ich werde noch meine ganze verdammte Jugend auf stinkigen Klos zubringen. Anschließend husche ich auf den Flur zurück und durch den Seiteneingang des Gebäudes nach draußen. Zwischen den Vollidioten hier ist es echt nicht auszuhalten.

Ich strample auf meinem Rad kreuz und quer durch die Siedlung, als hinge mein Leben davon ab. Egal wohin, Hauptsache weit weg. Nach einer Weile hängt sich die Müdigkeit wie Bleigewichte an meine Beine. Schließlich bremse ich bei einem verlassenen Spielplatz und schaukele lustlos, um die Zeit totzuschlagen. Ich nehme Anschwung, trete dem Himmel in den Hintern. Maik ist schuld, sein dummes Gerede von starken Eichen, von denen er keine Ahnung hat, genauso wenig wie von mir. Und dann erst seine hirnrissige Idee mit der Eisdiele, ohne die ich nicht nass geworden wäre und sein T-Shirt gebraucht hätte. Ich schüttele sein Bild aus meinem Kopf, nehme erneut Anschwung, bis ich Kopfschmerzen bekomme von der Schaukelei.

Ich vermisse Toby. Seitdem er nicht mehr da ist, geht in meinem Leben alles drunter und drüber. Die Welt ist total verrückt ohne dich, weißt du das? Darum muss ich endlich wieder mein Gedächtnis mit dir auffüllen. Mit deinem Bergseeblau. In dem Moment wird mir klar, was zu tun ist.

Als sich die Haustür öffnet und Tobys Mutter mich hereinbittet, wird mir die Ungeheuerlichkeit des Augenblicks bewusst. Der anfängliche Höhenflug macht Panik Platz. Toby wird aus allen Wolken fallen!

„Ich werde ihm sagen, dass du da bist. Setz dich doch bitte." Tobys Mutter flattert davon.

„Willst du spielen?" Aus einem halben Meter Höhe spricht mich ein Zwergenmensch mit lockigen braunen Haaren an, darunter fixieren mich neugierige blaue Augen. Toby ist geschrumpft.

„Du hast noch ein Lätzchen um", erinnere ich Little Toby, der mit marmeladeverschmiertem Gesicht ernst an sich hinunterschaut und auf das Lätzchenmotiv deutet.

„Bus!"

Was so eine Mandelentzündung mit einem Menschen anrichten kann.

Little Toby zieht unter Ächzen und Stöhnen eine knallrote Plastikkiste vor meine Füße und beginnt, jedes darin befindliche Teil hochzuhalten, von allen Seiten zu mustern und anschließend an mich weiterzureichen. Ich stapele wortlos Schwein, Kuh, Lkw und Kochlöffel neben mir auf dem Sofa.

„Schöne Puppe", breche ich das Schweigen. Ihre gelben Haare sind auf einer Seite ausgerissen, auf der anderen trägt sie drei steif vom Kopf abstehende Zöpfe. Ein Auge ist einer Gewalttat zum Opfer gefallen und guckt ins Kopfinnere. Leider muss sie auch ihr rechtes Bein entbehren, das verbleibende steckt in einem geringelten Strumpf. Auf ihrem Mini-T-Shirt steht in schnörkeliger Schrift *Prinzessin.* Little Toby schaut sie eine Weile versunken an, reißt sie mir schließlich aus den Händen und pfeffert sie zurück in die Plastikkiste, von wo aus sie mich mit ihrem gesunden Auge hilfesuchend anstarrt. Kein guter Ort für Prinzessinnen.

Toby kommt. Kreidebleich, mit nervösen roten Flecken. Dafür wird er mich sein Leben lang hassen. Gehorsam nehme ich weiter die Spielsachen in Empfang, die mir Little Toby ungeduldig hinhält.

„Hi."

„Hi."

Toby setzt sich an das andere Ende des Sofas und beobachtet schweigend unser Treiben, zwischen uns türmt sich der Spielzeugberg. Little Toby hat inzwischen eine zweite Plastikkiste herangeschafft und arbeitet sich unermüdlich bis zum Boden vor.

„Finn, belagere unseren Gast nicht", sagt Tobys Mutter.

„Macht nichts", versichere ich schnell.

„Hast du auch Geschwister?" Sie stellt eine Flasche Apfelschorle und Gläser auf den Tisch. „Bedien dich bitte."

Toby betrachtet währenddessen seine Fingernägel, als dächte er über den passenden Nagellack nach.

„Noch nicht, aber bald", erkläre ich und wende mich an Toby. „Macht bestimmt Spaß, oder? Geschwister, meine ich." Aus verschreckten Augen starrt Toby mich an, als hätte ich ihm in Gegenwart seiner Mutter eine unanständige Frage gestellt.

„Geht so“, murmelt er und grinst schief. „Lass uns nach oben gehen.“

„Der ist süß, dein Bruder“, sage ich, als wir schließlich in Tobys Zimmer stehen. „Geht’s dir schon besser? Kannst du bald wieder in die Schule?“

„Montag“, antwortet Toby und setzt sich auf den Bettrand. „Mandeln tun noch etwas weh beim Schlucken.“ Er schluckt demonstrativ und verzieht dabei das Gesicht.

„Blöde Idee, oder?“

„Was?“

„Na, dich zu besuchen.“

„Nö, geht schon.“

„Dachte, du brauchst vielleicht Infos. Hausaufgaben und so.“

„Nicht nötig, versorgt mich Maik mit.“

Bei dem Namen zucke ich unwillkürlich zusammen. Wann werde ich endlich wieder normal?

Toby rutscht auf dem Bett nach hinten und lehnt sich an die Wand. „Wie laufen die Proben?“

Ich schnappe mir seinen Schreibtischstuhl, froh, nicht mehr auf meinen wackeligen Knien stehen zu müssen.

„Die Proben?“ Ich erröte überflüssigerweise. Wie ich diesen Körper hasse! „Nichts Besonderes …“

Toby zieht die Beine zum Schneidersitz an und blickt mir erstmalig länger in die Augen, scheinbar erleichtert darüber, endlich ein halbwegs ergiebiges Gesprächsthema gefunden zu haben.

„Magische Bäume“, schnauft er abfällig. „Bin froh, wenn wir damit durch sind.“

„Frag mich mal“, schließe ich mich aus ganzem Herzen an.

„Lust auf ein Spiel?“ Ohne meine Antwort abzuwarten, springt Toby auf, zieht aus der Schreibtischschublade einen Laptop, startet ihn und besorgt, während der Computer hochfährt, einen zweiten Stuhl für sich. Wenig später sitzen wir Schulter an Schulter vor dem kleinen Bildschirm und zerfetzen mit Bomben und Maschinengewehren fiese Monster, die uns aus jeder Ecke anspringen. Wie im echten Leben.

„Hier, *Dude*, nimm das!“ Toby ballert auf einen Kopflosen ein, der uns mit ausgestreckten Armen entgegenläuft.

„Iiiih“, kreische ich schockiert und halte mir die Augen zu. Ich spüre regelrecht, wie sich die großen vernarbten Hände des Kopflosen um meinen Hals legen.

„Aufgepasst“, brüllt Toby und springt auf. Dann Jubelgeschrei. Ich linse durch meine gespreizten Finger auf den Bildschirm. Den Kopflosen hat es in tausend Teile zerlegt, die über den Bildschirm fliegen.

„Das war echt gruselig!“

„Supercool“, findet Toby.

Als er sich wieder auf den Stuhl plumpsen lässt, berühren sich unsere Arme. Ich halte die Luft an und erstarre.

„Spielst du das oft?“, krächze ich.

Toby sieht mich überrascht an. Dabei zieht er den Arm weg. „Was ist mit deiner Stimme?“

Ich huste übertrieben. „Der Kopflose hat mich gewürgt."

Toby gackert und schlägt sich auf die Oberschenkel.

Ich fahre mit der Hand über die Stelle, die Toby berührt hat. Dabei beobachte ich ihn heimlich von der Seite. Ich würde das gerne wiederholen, diese Armsache.

Die nächsten Gegner stürmen bereits das unheilvolle düstere Kellergewölbe.

Toby hält mir den Controller hin. „Willst du auch mal?"

„Klar." Ich lehne mich weit vor. So weit, dass sich unsere Schultern treffen. Wir grinsen uns an. Ich bin echt froh hier zu sein. Dann durchlöchere ich die Scheusale. Lautstark angefeuert von Toby, der bei jedem Treffer vor Begeisterung Luftsprünge macht. Die meisten von diesen widerlichen Ungeheuern, die aus jeder Ritze gesprungen kommen, um mich kaltzumachen, haben übrigens verdammt viel Ähnlichkeit mit Maik. Ich sehe sein doofes Gesicht aus ihren Fratzen herausgucken. Ich kann gar nicht genug kriegen von zerfetzten Maiks.

„Wow, du hast echt 'nen Killerinstinkt", meint Toby beeindruckt. „Willst du mal 'ne Pause machen?"

„Wieso? Bin doch gerade erst warmgelaufen."

„Gerade ist gut, du spielst seit einer Viertelstunde. Hallo, ich bin auch noch da. Hast du mich vergessen?" Toby lacht. „Du bist voll im Flow!"

Erschrocken lehne ich mich zurück. Über das Abknallen der Maik-Monster habe ich überhaupt nicht mehr an Toby gedacht. Obwohl sich unsere Schultern berühren, ich ihm so nah bin.

Das ist schräg. Die Gegner nutzen meine Verwirrung, um einen Frontalangriff zu starten, ich lasse mich völlig wehrlos zuballern.

„Alles klar mit dir?“, höre ich Toby fragen.

„Alles klar“, lüge ich. Dabei verstehe ich die Welt nicht mehr.

„Diese Spiele machen voll süchtig“, sagt Toby. „Dich auch!“ Er knufft mir mit dem Ellenbogen in die Seite. „Cool für ein Mädchen.“

„Ich weiß nicht“, stottere ich.

Jetzt könnte ich ein paar winkende Zwerge gebrauchen, die mich auf andere Gedanken bringen. Ich lasse einige auf dem Bettrahmen balancieren, um mich aufzuheitern.

„Is' was?“, fragt Toby.

Ich springe auf. „Muss los.“

„Okay ...Warte, ich bringe dich.“

An der Zimmertür steht Toby plötzlich dicht vor mir. Wir greifen gleichzeitig nach der Türklinke, grinsen. Ich durchsuche sein Gesicht, als hätte ich darin etwas verloren. Ich finde es nicht, dabei will ich es unbedingt.

Toby zieht die Augenbrauen hoch und blickt mich fragend an. „Wirklich alles klar?“

Ich nicke. Dann sehe ich meiner Hand dabei zu, wie sie durch Tobys Haare fährt. Sie fühlen sich gut an. Störrisch und trotzdem weich. Genau so, wie ich es mir Millionen Mal vorgestellt habe. Toby ist schockgefroren und starrt mich perplex an.

„Glaubst du an die Ewigkeit? Also, dass es was gibt, das ewig hält? Forever ...?“

„Äh …“ Toby sieht aus, als wäre ihm eine Umarmung von dem Kopflosen jetzt lieber als mein Gegrapsche und mein dämliches Gerede.

„Doofe Frage?“

„Weiß nicht …“

Unvermittelt beugt Toby sich zu mir vor und drückt mir einen schnellen Kuss auf den Mund.

„Hey“, bringe ich nur heraus.

Ich berühre mit den Fingerspitzen meine geküssten Lippen. Liv sagt, ein richtiger Kuss lässt es in einem Krachen wie ein Feuerwerk. Bei mir ist es höchstens eine Knallerbse.

„Ich muss jetzt wirklich los.“

„Okay.“

Wir stehen und schweigen.

„Also dann …“

„Also dann …“

Ich hetze die Treppe hinunter, vorbei an Little Toby, der die ramponierte Prinzessin im Arm hält, durch die Haustür und dann nichts wie weg. Als ich endlich auf dem Rad durch die Siedlung jage, heule ich, bis mir der Rotz aus der Nase läuft.

Forever kann mich mal.

MITTWOCH: 20. JUNI

Als ich in meine Straße abbiege, sehe ich Maik schon von Weitem vor unserem Haus auf dem Bürgersteig sitzen. Im ersten Moment stoppt mein Herz, dann kracht es panisch gegen den Brustkorb. Umdrehen und abhauen! Zu spät, er hat mich entdeckt und winkt mir zu. Ich beschließe, ihn zu ignorieren. Wortlos wuchte ich mein Rad auf den Bordstein und schließe es ab. Maik erscheint neben mir und lehnt sich an die Hauswand, während er meinem Kampf mit dem Fahrradschloss zuschaut. Ich wende mich ab und nehme ihm die Sicht auf meine zitternden Hände.

„Hey."

„Was machst du hier?", erwidere ich barsch.

„Du bist gestern und heute nicht in der Schule gewesen."

Ich recke mich vor ihm auf. „Ja und? Was interessiert es dich?"

„Toby ist krank, du warst nicht da ... Ich war während der Probe ein verlassener magischer Baum." Er lächelt nicht.

Ich runzele die Stirn. „Du wirst es überleben, oder? Auf alle Fälle kein Grund, mir aufzulauern."

Maik lacht auf, kurz und scharfkantig. „Ich lauere dir nicht auf, ich wollte sehen, wie es dir geht."

„Krank, Magen-Darm, du solltest besser auf Abstand bleiben."

Maik verschränkt die Arme vor der Brust und macht sich größer, um auf mich herabzublicken. „Und dann machst du eine Radtour? Mit Magen-Darm?"

„War beim Arzt", erkläre ich kleinlaut. „Ich gehe mal hoch, meine Mutter wartet."

„Liebe Grüße, nette Frau, deine Mutter."

Ich verharre in der Bewegung und drehe mich in Zeitlupe zu Maik um. „Sag nicht, du hast geschellt?"

Maik hebt die Hände. „Ich habe nichts verraten", versichert er schnell. „Kein Wort, deine Mutter glaubt, du bist noch in der Schule."

„Dein Glück", murmele ich.

Maik ist hartnäckig. „Was hast du stattdessen gemacht?"

„Kleine Auszeit, geht keinen was an", sage ich und weiche seinem Blick aus. „Ich muss dann mal."

„Falls du noch Zeit hast, könnten wir was unternehmen", schlägt Maik vor, als ich ihm bereits den Rücken zuwende und nach meinem Schlüssel krame. „Mit dem Rad rumfahren, oder so."

Ich schließe die Augen und meditiere mein Lächeln weg, das mein Gesicht überflutet. Mein ganzer Körper kribbelt, als läge er in einem Blubber-Sprudelbad.

„Du nervst", erwidere ich und schließe mein Fahrrad wieder auf. „Aber nur, weil ich keinen Bock auf zuhause habe."

„Klasse“, sagt Maik.

Wir fahren ziellos umher, ich lasse mich etwas abfallen, damit es nicht den Eindruck macht, wir seien zusammen unterwegs.

„Wollen wir uns Chips und Cola holen?“, ruft Maik mir über die Schulter zu.

„Meinetwegen“, rufe ich zurück.

Wir legen eine scharfe Rechtskurve zum Supermarkt ein und schließen vor dem Eingang unsere Räder fest. Ich wuchte mein Fahrrad mit Schwung in den Ständer, extra weit entfernt von Maik. Wir unternehmen was zusammen ... okay. Aber deshalb trennen uns trotzdem Welten ... zumindest fünf Meter.

Wir schlendern durch die Supermarktgänge.

„Wie wär's mit Wurstsalat?“, schlägt Maik vor. „Wir könnten die Chips reindippen.“

Ich mache Würggeräusche. Dann entdecke ich die Leberwurst. „Hier, ist doch viel besser.“

Wir suchen die ekeligsten Sachen heraus und halten sie uns unter die Nase. Maik jagt mich mit einem gefrorenen Huhn durch den Laden, ich räche mich mit Gehacktem. Als ich mit dem Hackfleisch durch die Gänge renne, trifft mich der Schlag. Der Schlag ist Tessa, die soeben in den Laden stelzt. Panisch flüchte ich aus ihrem Sichtfeld und verstecke mich beim Klopapier. Ich versuche mich auf die Produktbeschreibung zu konzentrieren, um mich zu beruhigen. „Vierlagig“, lese ich und verstehe kein Wort.

„Hier steckst du!“ Maik wedelt mit einer Dose Heringsfilet in Senfsoße vor meiner Nase herum. „Musst du?“

„Sehr lustig“, murre ich.

„Gib’s zu, du hättest gerne das Papier mit den Blümchen drauf, extraweich.“

„Du bist vielleicht ein Blödmann“, ranze ich ihn an.

„Ach sieh mal einer an … wen haben wir denn hier.“ Klar, von wem das kommt, oder? Tessa! Ich versinke im Boden.

„Ah …“, stößt Maik überrascht aus. Ich werfe ihm einen drohenden Blick zu. „Jetzt sind wir schon zu dritt, was für ein Zufall“, sagt Maik und grinst Tessa unschuldig an. „Habe gerade Flo beim Klopapier ertappt. Wenn du mich fragst, interessiert sie sich für das Sechslagige, weil es beim Putzen besonders anschmiegsam ist.“

Tessa rümpft angeekelt die Nase, als wenn sie sich gerade vorstellen würde, wie ich auf dem Klo sitze. Das ist ja wohl die Höhe!

„Seid ihr zusammen hier?“, fragt sie scheinbar gleichgültig und spielt an ihrem riesigen runden Ohrring herum, während sie uns neugierig mustert.

„Natürlich nicht“, erwidere ich, bevor Maik auf eine andere Idee kommt.

Maik hält seine Dose Heringsfilet mit Senfsoße hoch. „Ich hol mir nur gerade was zum Mittagessen.“

„Echt jetzt?“, fragt Tessa und schüttelt sich. „Ist das nicht Katzenfutter?“

Maik miaut.

„Und du?“ Tessa blickt auf das, was ich nervös mit den Händen durchknete.

„Gehacktes. Für Frikadellen."

Tessa zieht die Augenbrauen hoch. „Heringsfilet und Hackfleisch also", fasst sie zusammen. Wir können ihr beim Nachdenken zusehen, bis sie zu dem Schluss kommt, dass Maik und ich tatsächlich zufällig aufeinandergestoßen sind.

„Na dann ... Bist du fertig hier, Flo?"

Ich nicke wie ferngesteuert.

„Okay, dann können wir uns ja zusammen an der Kasse anstellen", beschließt sie. „Was ist mit dir?"

Maik winkt ab. „Ich brauche noch Chips und Cola zum Nachtisch." Er zwinkert mir zu, dreht ab und verschwindet.

„Was gab's da zu zwinkern?" Tessa betrachtet mich misstrauisch.

„Woher soll ich das wissen? Wahrscheinlich ein Kurzschluss." Ich tippe mir an die Stirn.

Tessa lacht. „Heringsfilet, voll ekelig."

„Echt", bestätige ich erleichtert.

„Wo warst du eigentlich gestern und heute? Geschwänzt?"

„Krank", lüge ich und mache ein jammervolles Gesicht. „Magen und so ... heute auch."

„Und dann Frikadellen?"

„Für meine Mutter. Sie liebt diese Dinger."

„Obwohl dir übel ist? Krass von ihr!"

„Total. Selbstbewusstsein hat sie auch nicht."

Tessa sieht mich mitleidig an und pufft mich aufmunternd an die Schulter. Was für eine verlogene Zicke. Zu gerne würde ich ihr stecken, dass ich von ihrem dummen Rumgetratsche weiß. Von wem sonst hätte Julia die Info über das T-Shirt haben können? Aber ich schweige und gebe mein Taschengeld für 500 Gramm Schweinegehacktes aus.

Tessa hat nicht vor, mich gehen zu lassen, nachdem ich erst mal an ihrer Angel zapple.

„Ich bring dich noch zum Rad."

Ich krame extra lange nach meinem Fahrradschlüssel, in der Hoffnung, dass es ihr zu blöd wird und sie sich verdrückt. Tessa nutzt jedoch die Zeit zum Nachdenken.

„Weißt du, was ich gerade gedacht habe?"

„Keine Ahnung."

„Maik stalkt dich."

„Hä?"

Sie kommt näher an mich heran und flüstert: „Er verfolgt dich."

„Wieso ...?"

Tessa blickt sich um, als könnte uns jemand belauschen. „Mal ehrlich, Heringsfilet? Wenn du mich fragst, brauchte der nur einen Vorwand, um sich in deiner Nähe aufzuhalten. Kapito?"

Ich schlucke. Das ist so was von schräg.

Tessa lächelt wissend. „Was sagst du dazu?"

„Krank", presse ich hervor.

„Total", findet Tessa.

„Und jetzt?", frage ich mit gespieltem Entsetzen.

„Jetzt begleite ich dich erst mal nach Hause, damit Maik dich nicht wieder abfängt und zuquatscht. Da kommt er schon. Los, schnell weg."

Tessa nickt Maik mit versteinerter Miene zu und verdeckt ihm den Blick auf mich. Ich schiebe mein Rad, während mein Bodyguard neben mir her stolziert.

Bevor wir um die nächste Ecke biegen, schaue ich mich ein letztes Mal zu Maik um, der etwas verloren dasteht.

„Nicht hingucken", zischt Tessa. „Jeder Blick von dir macht ihm neue Hoffnung."

Ich seufze, weil ich eigentlich Lust auf Chips und Cola habe.

„Ich weiß", sagt Tessa. „Das nervt."

„Aber echt", gebe ich ihr recht.

„Ich wollte es dir ja erst nicht sagen ...", druckst Tessa rum.

Dann lass es doch einfach, denke ich. „Na komm schon!", sage ich.

Tessa bleibt stehen, weil das, was sie erst nicht sagen wollte, wohl nicht im Gehen in Worte zu fassen ist. Sie atmet tief aus.

„Er hat Julia von dem T-Shirt erzählt!"

„Von dem T-Shirt?"

„Seins. Das er dir gegeben hat! Als wärt ihr fest zusammen. Mit Klamottentausch und so!"

Tessa sieht mich an, als müsste ich mich vor Verzweiflung selbst in tausend Stücke reißen.

„Bist du sicher?"

„Absolut! Es tut mir so leid für dich." Tessa greift nach meinen Händen und legt den Kopf schräg. Sie kommt dicht heran, ich kann ihr Kaugummi Erdbeere riechen. „Maik ist sweet und krass, aber er ist ein Lügner. Das hast du echt nicht verdient."

Jetzt atme ich tief aus, damit ich Tessa nicht ins Gesicht spucke. „Ist schon okay. Danke, dass du mir davon erzählt hast."

„Ich weiß." Tessa nickt. „Du solltest wissen, worüber sich alle die Mäuler zerreißen."

Ich lasse den Kopf hängen und starre auf ihre Sneakers, die ich gerne mit meinem Hackfleisch einschmieren würde.

„Julia verbreitet die T-Shirt-Story in der ganzen Schule", erklärt Tessa empört. „Sie ist total eifersüchtig."

Ich sehe hoch und ihr tief in die Augen. „Blöde Kuh", zische ich.

Tessa guckt tief zurück. „Das stimmt."

Als wir vor meinem Haus ankommen, hält mich Tessa am Arm fest.

„Bist du okay?"

„Klar. Ich lasse mir doch von Arschlöchern nicht den Tag vermiesen."

Tessa strahlt mich an. „Gute Einstellung."

„Okay dann."

„Okay dann."

Tessa schreitet davon, dreht sich noch einmal zu mir um und hält den Daumen hoch.

Ich mache es ihr nach. „Verpiss dich bloß!"

Tessa hat mich in eine bescheuerte Lage gebracht. Soll ich jetzt vor dem Haus warten, falls Maik mich hier abholt? Oder fahre ich besser schnell zurück zum Supermarkt? Vielleicht steht er noch vor dem Eingang. Oder Maik hat mich längst abgeschrieben und macht irgendwas anderes. Dann wäre es nur peinlich, wenn ich hinter ihm herfahre. Deshalb bringe ich das widerliche Hackfleisch hoch in die Wohnung. Es ist schon warm geworden in meinen Händen. Ich halte das geschredderte Schwein in Folie mit zwei Fingern an der Plastikschale fest. In der Küche reiße ich die Kühlschranktür auf und werfe das Hack fluchend hinein.

DONNERSTAG: 21. JUNI

In der Schule sieht Maik an mir vorbei und durch mich hindurch. Also ignoriere ich ihn ebenfalls.

„Was ist los mit dir?“ Liv fixiert mich misstrauisch. „Du verhältst dich komisch.“ Als ich ihr eine fadenscheinige Erklärung unterjubeln will, bemerke ich, dass sie längst woanders ist. Nicht nur mit den Gedanken, sondern auch im Gespräch. Sie quatscht mit Phillip, einem riesigen Typ aus dem Jahrgang über uns. Na, vielen Dank für nichts. Wie aufgedreht sie kichert und nervös an ihrer Brille ruckelt!

„Blöde Aktion“, vernehme ich plötzlich hinter mir. Erschrocken zucke ich zusammen. Maiks Stimme durchfährt mich wie ein Stromschlag.

„Weiß nicht, wovon du redest“, antworte ich scheinheilig.

Maik fixiert mich. „Schämst du dich für mich, oder was?“

„Hä ... Blödsinn.“

„Und warum bist du gestern einfach abgehauen?“

Darauf fällt mir nichts ein ... nur, dass die Situation furchtbar unangenehm ist.

„Ich war stinksauer auf dich, aber ich hab nachgedacht ... ich gebe dir trotzdem eine zweite Chance. Um drei Uhr bin ich bei dir.“ Damit dreht sich Maik auf dem Absatz um und verschwindet. Bevor ich begreifen kann, was gerade passiert ist, hakt sich Tessa bei mir ein und schiebt ihr Gesicht vor meins.

„Ich habe alles gesehen, Flo. Maik ist wirklich unheimlich aufdringlich. Wie der geguckt hat, wie so ein Stier. Was wollte er von dir?“

Unheimlich aufdringlich? Stimmt, trifft exakt auf Tessa zu. Sie scheint mir zu folgen wie ein Schatten, damit ihr bloß nichts entgeht. Was ich ihr dann erzähle, zieht ihr die Schuhe aus.

„Nicht dein Ernst“, wispert sie und ihre Augen strahlen über roten Wangen. „Oh ...“ Sie streicht durch ihre Haare. „Allerdings ... ganz ehrlich ... wirklich überrascht bin ich nicht.“

„Erzähl“, dränge ich mit einem verschwörerischen Unterton. Ich bin eine Schlangenbeschwörerin.

„Seine Blicke“, zischelt Tessa. „Sie bleiben immer ein kleines bisschen zu lange an mir hängen. Gestern im Supermarkt auch. Obwohl er das Gerücht mit dir verbreitet. Ich glaube: ein Ablenkungsmanöver.“

Das ist an Frechheit nicht zu überbieten. Ich – ein Ablenkungsmanöver! Ich schnappe nach Luft und sage das einzig Richtige: „Ich hoffe, das führt nicht zu Problemen zwischen dir und Julia.“

Tessa winkt ab. „Ach die ... Sie hat es längst auf jemand anderen abgesehen. Außerdem ist es nicht meine Schuld, dass Maik ... dass er so für mich fühlt.“ Die letzten Worte flüstert sie. „Natürlich hat er null Chance bei mir ...“, versichert sie mir und blickt suchend um sich.

„Er ist schon gegangen“, raune ich ihr zu.

Tessa lacht hysterisch auf. „Ich guck doch nicht nach ihm.“

„Ich weiß“, beruhige ich sie.

„Du bist eine richtig gute Freundin, Flo.“

„Ich weiß“, wiederhole ich süß.

Dann verdünnisiere ich mich. Liv hängt immer noch an Phillips Lippen, die sich unaufhörlich bewegen. Scheint genauso ein Vielschwätzer zu sein wie Liv.

Bevor Maik bei uns schellt und wieder auf Mama trifft, warte ich vorsichtshalber vor dem Haus auf ihn. Ich gehe auf Nummer sicher und setze mich um halb drei auf die Eingangsstufen.

Maik ist superpünktlich und legt eine Vollbremsung hin. Ich schnaube verächtlich, während das Glück in mir Pingpong spielt. Wie unangenehm. Ich möchte im Boden versinken und gleichzeitig an keinem anderen Ort dieser Welt sein.

Maik deutet auf seinen Rucksack. „In den Park und den Vorrat verdrücken, den wir gestern besorgt haben?“

„Mir egal“, erwidere ich schulterzuckend.

„Na dann los, bevor deine Begeisterung nachlässt“, sagt Maik und grinst.

Was für schöne Zähne er hat. Ich hätte meine noch einmal putzen sollen. Ich fühle mich unwohl in meiner Haut, bevor unsere Verabredung richtig angefangen hat. Auf dem Rad weht der Fahrtwind meine Haare weg und legt den Anblick meiner scheußlichen Stirn frei. Wenn es nicht so widerlich warm wäre, hätte ich meine Mütze aufsetzen können. Jetzt liegt alles offen zutage.

Im Park am Brunnen sind bei schönem Wetter die Steinstufen belagert. Heute auch. Mit einem schnellen Blick vergewissere ich mich, niemanden zu kennen. Wir stellen die Räder nebeneinander an den letzten freien Ständer. Maik öffnet sein Schloss und will es mit um meinen Rahmen legen. Hektisch reiße ich mein Fahrrad weg.

„Nicht nötig", murmele ich. „Hab ein eigenes."

„Sorry, ich wollte deinem Fahrrad nicht zu nahe rücken", frotzelt Maik.

Ich antworte nicht, sondern lasse mich auf einen Zweikampf mit meinem Schloss ein, das wie immer klemmt. Nur dieses Mal scheint es tatsächlich zu gewinnen.

Maik sieht mir belustigt zu. „Mein Angebot steht."

„Dann mach halt", schnaube ich und stampfe schon zu den Stufen.

„Du solltest dir ein neues Schloss zulegen", meint Maik, als er dazukommt. Er quetscht sich zwischen mich und einen Typ, der versunken in seinem Buch liest. „Sorry Alter", sagt Maik und grinst den Typ an, der genervt hochsieht.

„Du grinst wohl gerne", stelle ich abfällig fest, weil mir von der Enge irgendwie komisch wird.

„Was dagegen?" Jetzt grinst er nicht.

„Mir doch egal." Ich sehe in die andere Richtung.

Maik kramt die Chips-Tüte aus seinem Rucksack und reißt

sie auf. Wir futtern schweigend und betrachten die Leute, die auf dem Rasen rumsitzen oder liegen. Unser Geschmatze und Plastikgeraschel geht der Leseratte auf den Senkel. Er schaut einige Mal mit düsterem Gesichtsausdruck in unsere Richtung und haut dann ab. Wir trinken abwechselnd aus der Cola-Flasche.

„Und sonst so?“, beginnt Maik.

„Nichts Besonderes. Außer, dass ich einen Bruder kriege.“

„Dann musst du Windeln wechseln. Fang am besten mit Hundehaufen an, zum Üben.“ Maik zeigt auf eine Dogge am Weg, die einen Riesenkackhaufen hinlegt. Seine Besitzerin füllt den Beutel bis zum Rand damit. Wir lachen. Das tut gut.

„Ist das Baby von meinem Vater und seiner Neuen. Damit habe ich nichts zu tun. Und bei dir?“

„Kein Baby“, sagt Maik.

„Haha.“ Ich stoße ihm meinen Ellenbogen in die Seite.

Hatte ich mir nicht vorgenommen, die Klappe zu halten? Ein verdammt guter Plan! Es stellt sich nur die Frage, warum ich mich nicht daran halte. Stattdessen plappere ich locker über die faulen Stellen meines Gehirns. Das passiert mir, wenn ich nervös bin.

„Seit Neustem sehe ich Zwerge. Ich habe erst gedacht, sie gehören zu Liv. Aber es sind wohl doch meine, wie es aussieht.“

„Okay ... äh ... Siehst du jetzt gerade welche?“

Ich blicke mich um, als würde ich nach ihnen suchen. „Ja ... da drüben auf meinem Fahrradsattel.“

„Wie viele sind's?"

„Eine Handvoll ..."

„Was machen sie?"

„Winken."

„Cool. Deine Zwerge sind gut drauf ..."

„Hundertpro", bestätige ich. „Siehst du auch was? Was Schräges, meine ich ..."

Maik kratzt sich am Kopf. „Ehrlich gesagt, sehe ich jetzt auch deine Zwerge. Schlimm?"

Ich muss lachen. „Ich schenk sie dir!"

Wir lächeln uns an.

„Du bist witzig", sagt Maik.

Ich drehe mich übertrieben nach allen Seiten um. „Ist hier eine Verarsche-Kamera versteckt?"

„Das ist nicht so, hör auf damit."

Ich ziehe ein bedauerndes Gesicht. „Du bist leider selten witzig."

„Ich bin immer witzig", behauptet Maik. „Gib es sofort zu!"

„Deine Solonummer in der Aula war erbärmlich. Ich hab nicht mal geschmunzelt."

„Du hast keine Luft gekriegt vor Lachen, so war's in Wirklichkeit!"

„Ich habe die Luft angehalten, weil ich sterben wollte!"

„Wenn du das nicht sofort zurücknimmst, gebe ich hier und jetzt den magischen Baum."

„Mir doch egal. Wenn du dich lächerlich machen willst, nur zu ..."

Als Maik aufstehen will, kriege ich ihn im letzten Moment an seiner Jacke zu fassen. „Wag es nicht!" Ich ziehe ihn zurück, dabei landet er fast auf meinem Schoß.

„Jetzt lachst du ja doch."

„Aber nur, weil ich dazu gezwungen werde."

„Die Zwerge zwingen dich?", fragt Maik ernst.

Ich nicke betroffen. „Sie bedrohen mich in diesem Augenblick mit dem Gewehr. Wenn ich nicht lache, dann ..." Ich halte mir den Zeigefinger an die Schläfe. „Peng!"

Maik greift nach meiner Pistolen-Hand und hält sie fest. „Deine Zwerge mögen mich scheinbar." Er macht diesen Tiefblick, als versuche er bis ans Ende meiner Pupillen in mein Schädelinneres zu gucken.

„Das klingt irgendwie schräg", erwidere ich mit dünner Stimme. „Wenn sich das in der Schule herumspricht ... Maik hat was am Laufen mit Flos Zwergen."

Maik lässt meine Hand los, ohne den Blick abzuwenden. Seine Augen blitzen. „Er hängt mit Flos Zwergen im Park ab. Macht mit ihnen Radtouren. Geht mit ihnen ins Kino ...", spinnt er weiter.

Ich lache. „Was guckt ihr für einen Film? Schneewittchen?"

„Hast du Bock?", fragt Maik.

„Worauf?"

„Na, Kino."

„Jetzt gleich? ... Okay ..."

Maik schmunzelt. „Du hast es ja eilig."

Ich versinke im Boden und decke mich selbst mit Erde und einer Steinplatte zu. Wie peinlich war das denn?

„Sehr witzig, Blödmann."

„Ich schaue mal, was kommt." Maik wischt über das Display seines Handys und überfliegt die Kinofilme. „Krimi, Horror oder spaßig, worauf hast du Lust? Hier, der Film klingt witzig. Ach übrigens, du hast mir immer noch nicht verraten, wo du gestern und heute warst. Wir hatten Probe und keine Flo in Sicht."

„Am liebsten was Lustiges ... unterwegs ..."

Maik blickt von seinem Handy auf. „Unterwegs?"

Ich zucke gleichgültig die Schultern. „Heute Vormittag war ich in der Bücherei, da habe ich meine Ruhe."

„Und gestern? Ich hätte wetten können, dich morgens an der Schule gesehen zu haben", bohrt Maik weiter nach.

„Optische Täuschung."

„Kann ich kaum glauben, so viele Flos laufen an der Schule nicht rum. Du bist schließlich einmalig ..." Maiks Worte hängen wie bunte Luftballons über uns.

„Ich bin bloß ein bisschen rumgefahren, mir war spontan nicht nach Schule. Als mir langweilig wurde, habe ich Toby besucht. Krankenbesuch." Ich versuche es belanglos klingen zu lassen.

Ein Schatten huscht über Maiks Gesicht. Er richtet sich auf und lässt die Schultern kreisen.

„Was ist denn das für ein Film? Der Witzige, meine ich."

„Kommt erst nächste Woche", stößt Maik aus.

„Ach so ... Was anderes vielleicht?"

Maik blitzt mich spöttisch an. „Es ist vier Uhr. Jetzt laufen nur Kinderfilme."

„Dann halt nicht", sage ich scheinbar ungerührt.

„Meine Meinung", grummelt Maik.

Die Enttäuschung frisst sich wie ein Piranha durch meinen Körper. Auf einmal wird mir klar, dass ich wirklich gerne mit Maik ins Kino gegangen wäre.

„Wie geht's ihm denn?"

„Wem?", frage ich. „Ach so, ja. Er kommt Montag wieder in die Schule."

„Weiß ich."

„Warum fragst du dann?"

Maik zieht verächtlich die Augenbrauen hoch. „Hast du dir Sorgen um ihn gemacht? Oder wolltest du ihm die Hausaufgaben bringen?"

„Ich habe mich gelangweilt, hab ich doch schon gesagt", lüge ich.

„Hätte ich nicht gedacht."

„Was?"

„Dass du auf Toby stehst."

„Spinnst du!" Ich versuche schockiert auszusehen, aber mir fehlen wohl noch ein paar Schauspielstunden, denn ich laufe rot an und schwitze wie eine verdammte Lügnerin. „Ich steh nicht auf Toby. Ich habe was checken müssen, deshalb."

Maik packt sein Handy weg und verschränkt die Arme vor der

Brust. Warum muss ich mich eigentlich vor Maik rechtfertigen? Ich kann schließlich besuchen, wen ich will.

„Ich hau ab, das ist mir hier echt zu blöd."

Maik schweigt und regt sich nicht. Dann halt nicht.

„Tschüss", werfe ich ihm im Weggehen hin. Ich stapfe entschlossen auf mein Fahrrad zu. „Shit!" Ich trete gegen meinen Vorderreifen und dann gegen den von Maiks Rad. Die beiden Fahrräder stehen ineinander verkeilt wie zwei sich umarmende Schimpansen, fest verschnürt von Maiks fettem Kettenschloss. Ich spüre seinen Blick im Rücken und kann mir nur zu gut sein abfälliges Grienen vorstellen. Wie konnte ich ihm auch nur eine Sekunde etwas abgewinnen? Er ist ein solcher Vollidiot. Und deshalb kann er sich mein Fahrrad sonst wohin schmieren. Ich besuche, wen ich will und wann ich will. Und ich lasse mein Rad hier stehen und latsche zurück. So einfach ist das.

Während ich zielstrebigen Schrittes davoneile, zermartere ich mir den Kopf, wie ich mein verdammtes Fahrrad zurückbekomme. Ohne das Rad habe ich endgültig den Boden der Trostlosigkeit erreicht.

„Hey, Flo. Warte doch mal!"

Ich verlangsame nur unmerklich mein Tempo. Als Maik meine Höhe erreicht, springt er vom Rad.

„Hier, macht das Leben einfacher."

Er hat mein Fahrrad dabei.

„Mir egal."

„Glaub ich kaum", behauptet Maik. Ich sehe wieder die vielen

Einzelheiten in seinem Gesicht. Seine Nasenflügel sind so rund, als steckten kleine Murmeln in den Löchern. Was Maik sieht? Einen dicken Pickel über meiner rechten Augenbraue. Rot mit einer gelben Eiterhaube darauf. Und dann erst diese Herde an Mitessern auf meiner Nase.

Ich wende mein Gesicht ab.

„Sorry fürs Rumschocken“, murmelt er undeutlich.

Ich nehme ihm mein Rad ab. „Ist schon okay.“

„War nicht gut drauf.“

„Hab ich gemerkt.“

Maik hält mich am Arm fest. „Warte doch mal.“

„Was denn noch?“

„Du bist sauer, stimmt’s?“

Ich schüttele ihn ab. „Quatsch. Ich will bloß nach Hause.“

„Was denkst du jetzt von mir?“

Meine Beine wackeln wie Pudding und ich muss mich aufs Gehen konzentrieren, als hätte ich viel zu große Schuhe an. Wenn ich mutig wäre und nicht feige, wenn ich schön wäre und nicht hässlich, dann würde ich ihm verraten, welche Worte mich ganz und gar ausfüllen: Ich finde dich besonders, nett und witzig.

„Dass du ein Volltrottel bist, das denke ich“, sage ich und sehe ihm unverblümt in die Augen. „Du würdest wirklich gut zu Tessa passen.“ Vor Schreck halte ich die Luft an. Warum habe ich das gesagt?! Was stimmt nicht mit mir?

„Tessa? Findest du?“ Maiks Stimme klingt fremd. Mit Chili gewürzt.

Ich ziehe die Schultern hoch und gehe langsam weiter, bevor ich auf mein Rad steige. Als ich mich nach einer Weile vorsichtig umdrehe, ist Maik nicht mehr zu sehen. Ich blicke in den Park hinein wie auf ein Gemälde, von dem die Hauptfigur verschwunden ist. Ohne diese erzählt das Bild nur noch von Leere und vom Vermissen.

FREITAG: 22. JUNI

Als ich morgens nach dem schrecklichsten Donnerstag meines Lebens in die Küche komme, erwartet mich sogleich der schrecklichste Freitagmorgen. Ich deute in Mamas Gesicht. „Was ist das?"

Mama strahlt. „Meine Clownsnase."

„Das sieht absolut bescheuert aus."

Der Clown vor mir lächelt meine abgrundtiefe Abneigung weg.

„Mir gefällt's", meint Mama. „Als Clown schaue ich automatisch positiv und spielerisch in die Welt." Ihre Stimme macht kleine Hüpfer beim Reden. Das nervt.

„Nimmst du irgendwelche harten Drogen? Das ist wirklich nur schräg." Ich halte mir die Augen für einen Moment zu. Als ich sie wieder wegnehme, ist die Nase immer noch da.

„Ich besuche am Wochenende ein Clownsseminar. Es wird also in Zukunft lustig zugehen bei uns", kündigt Mama an.

„Und wofür soll das gut sein?"

„Es verändert meinen Blick auf die Welt, Flo. Als Clown werfe ich die Schwere des Lebens ab. Außerdem ... wenn der Funke überspringt, lasse ich mich als Krankenhaus-Clown ausbilden."

Weil ich sie nur ungläubig anstarre, faselt Mama unbeschwert weiter.

„Kranke Menschen, vor allem Kinder, zum Lachen bringen, das wäre ein unermessliches Glück für mich."

Ich stelle mir Mama mit bunten Schlabberhosen und zu großen Schuhen vor. Vielleicht noch Hosenträger und eine Ansteckblume, aus der Wasser spritzt, wenn man sie drückt.

„Kannst du nicht einfach normales Zeug machen ... so wie andere Mütter?", frage ich supergereizt. „Keine andere Mutter liest ständig Psycho-Ratgeber und rennt mit einer albernen Verkleidung durch die Wohnung. Das ist peinlich. Außerdem hast du Verantwortung, du hast ein Kind. Benimm dich gefälligst auch so."

Es ist schwer, die Stimmung eines Clowns einzuschätzen, weil durch die Nase alles ins Lächerliche gezogen wird. Ist sie traurig? Oder ist ihr endlich klargeworden, wie albern ihr Benehmen ist? Nichts von alldem, wie sich herausstellt. Mama reißt mit Schwung die Schublade auf, zieht das Schneidebrett daraus hervor und knallt es auf die Ablage. Sie knallt es einmal, zweimal, dreimal. Sie greift den Laib Graubrot und das Schneidemesser ... und tötet das Brot. Sie säbelt die Scheiben krumm und schief, viel zu dick und viel zu dünn. Ihr Gesicht ist von der Anstrengung und dem Ärger puterrot angelaufen. Passt prima zur Nase.

„Jede Scheibe ein Kunstwerk", kommentiere ich kleinlaut das Geschehen. „Du musst zugeben, dass es ziemlich seltsam ist ... ein Clown ... für eine erwachsene Frau", sage ich und gebe meiner Stimme einen warmen, versöhnlichen Anstrich. Hier ist

Fingerspitzengefühl angesagt. Ein erboster Clown kann anscheinend zu einer ernsthaften Bedrohung werden. Auf alle Fälle für Nahrungsmittel.

Mama hält in der Bewegung inne und wirft mir über die runde rote Knollennase einen bösen Blick zu. Endlich zieht sie das scheußliche Teil von der Nase. „Okay …“, antwortet sie gedehnt. Sie legt das Messer beiseite, verschränkt die Arme vor der Brust und mustert mich eingehend. „… du trägst ständig eine Mütze, selbst jetzt im Haus. Du must zugeben … seltsam für eine Vierzehnjährige, was meinst du?“

„Das ist etwas ganz anderes“, falle ich ihr ins Wort. „Ich laufe rum, wie es mir gefällt. Meine Sache, verstanden?!“

„Und warum darf ich nicht tun, was *mir* gefällt, ohne dafür kritisiert und gekränkt zu werden?“, schreit Mama mich an. „Warum darf ich nichts und du alles?“

„Weil es hirnrissig ist, dass du lieber ein peinlicher Clown sein willst, statt die Mama von früher“, schreie ich zurück.

„Ich bin genau das, was du siehst“, brüllt Mama. „Der Clown gehört zu mir, er ist bereits in mir, ich habe mich nur früher nicht getraut, ihn auszuleben.“ Sie setzt sich die beknackte Nase demonstrativ wieder auf, um mich auf die Palme zu bringen. „Finde dich damit ab!“

„Niemals!“

„Dir wird nichts anderes übrig bleiben!“

Bevor ich die Küchentür mit einem Doppelknall hinter mir zuschlage, drehe ich mich noch einmal zu ihr um. „Die armen kranken Kinder werden Rotz und Wasser heulen, wenn sie dich sehen. Du bist nicht lustig, du bist gruselig!“

In meinem Zimmer liegt Maiks T-Shirt frisch gewaschen und gebügelt auf meiner Kommode. Ich knuddele es wütend zusammen und springe mit den Füßen darauf herum, bevor ich es in den Rucksack ganz nach unten stopfe.

In der Pause erzählt mir Liv von Phillip. „Er will unbedingt meine Leopardengeckos sehen. Er steht auf Echsen.“

„Überrascht mich nicht, sieht selbst wie eine aus. Sag nicht, er kommt zu dir nach Hause?“

„Natürlich“, sagt Liv.

Warum kann nichts bleiben, wie es war? Nur Liv und ich. Ich blinzele die Tränen weg.

Bei der Theaterprobe üben wir unsere Aufstellungen auf der Bühne. Maik und ich lassen uns von Herrn Frohwerk an die vorgesehenen Positionen scheuchen und ignorieren uns. Ich werde mich den Rest des Tages und das ganze Wochenende über ins Bett legen und Serien gucken. Mein Bedarf an Kontakten ist mehr als gestillt.

„Maik und Flora, etwas näher beieinander.“ Herr Frohwerk schiebt uns zusammen, bis sich fast unsere Schultern berühren.

„Hey“, raunt Maik mir zu. Es ist jedoch alles andere als ein Gesprächsangebot, sondern eher ein Boxhieb in die Magengegend. Ich gebe das gleiche unterkühlte und feindselige *Hey* zurück.

„Übrigens habe ich dein T-Shirt dabei“, zische ich.

„Hast du drin geschlafen?“, fragt Maik.

Ich schnaube verächtlich. „Ich bin mit nackten Füßen darauf herumgesprungen.“

SONNTAG: 24. JUNI

Mama trifft sich das ganze Wochenende mit den anderen Irren und ihren Clownsnasen. Die Stimmung zwischen uns ist ziemlich unterkühlt seit unserem Streit am Freitag. Stört mich nicht, ich bin froh über jedes nicht gesprochene Wort. Ich habe gestern eine ganze Staffel *Stranger Things* geguckt und dabei gefuttert. Das Leben kann so schön sein. Bevor ich den heutigen Tag genauso fortsetzen kann, macht mir Papa einen Strich durch die Rechnung. Eine Textnachricht ohne Begrüßung.

MUSS DICH SPRECHEN, HOLE DICH UM 13 UHR AB.

Wütend schreibe ich ihm zurück. NEIN. KANN NICHT.

Doch er reagiert nicht auf meine Absage, was auch eine Reaktion ist. Nämlich: Du tust, was ich sage. Es wird Zeit, ein paar Dinge zwischen Papa und mir zu klären. Als Papa pünktlich an der Tür schellt, lasse ich ihn extra lange warten. Seltsamerweise ist er wie vom Erdboden verschluckt. Ich renne vor dem Haus auf und ab und entdecke ihn plötzlich in seinem Wagen sitzend. Er schaut ins Leere und scheint alles um sich herum vergessen zu haben. Ich halte einen Moment inne, um ihn anzuschauen. Ein ungutes Gefühl beschleicht mich. Eigentlich möchte ich nicht einsteigen, eigentlich möchte ich nicht hören, was er zu sagen hat. Für den Bruchteil einer Sekunde denke ich darüber nach, in die Wohnung zurückzukehren. Doch bevor es so weit kommt, wendet mir Papa in Zeitlupe das Gesicht zu. Trotzdem habe ich den Eindruck, er sieht mich nicht. Unsicher hebe ich die Hand und mache auf mich aufmerksam. Ich kann Papa dabei zusehen, wie er langsam wieder auf der Erde und im Hier und Jetzt landet. Er lächelt leicht und lässt das Fenster auf der Fahrerseite herunter.

„Steig ein, Flo."

„Früher hast du mir die Tür aufgehalten", eröffne ich das Gespräch. Mein Einwurf stößt auf taube Ohren.

„Wir fahren erst zu mir, das wird das Beste sein."

„Du kannst mir auch gleich sagen, worum es geht. Habe nämlich andere Pläne für den Tag", kündige ich an. Papa wirkt so abwesend, dass ich mich nicht traue, den Kampf zu eröffnen. Stattdessen breitet sich Unruhe in mir aus und ich beginne wie früher als Kind meine Hände zu kneten. Das letzte Mal habe ich ihn so bei seinem Auszug erlebt. Aber er kann sich ja unmöglich ein zweites Mal von Mama trennen. Wir schweigen. Während mir die Sprachlosigkeit die Luft abdrückt, hat Papa sich wieder in eine andere Welt gebeamt und ist für mich nicht erreichbar. Als wir endlich in seiner Wohnung sind, halte ich das Schweigen nicht länger aus.

„Was ist los? Erst willst du mich unbedingt sehen und dann redest du nicht."

Papa lässt sich auf das Sofa plumpsen und deutet neben sich. Zögernd nehme ich Platz.

„Es ist so, Flo ... Dein Bruder ist gestorben."

„Hä? Wie jetzt? Wie ... gestorben?"

Papa räuspert sich mehrmals. Bei dem Versuch zu sprechen, bricht ihm wiederholt die Stimme weg. „Sein Herz ... es schlägt nicht mehr ... keine Herztöne ..."

„Geht das einfach so?", frage ich fassungslos. „Warum denn?"

Papa zuckt mit den Schultern und sieht mich lange an. Er weint. Ich habe ihn noch nie weinen sehen, in vierzehn Jahren nicht ein Mal. Mama weint bei jedem Film und manchmal vor Wut, wenn wir streiten. Mamas Tränen lassen mich kalt. Papas Tränen machen aus der Welt eine Scheibe, Papas Tränen hebeln das Gesetz der Schwerkraft aus. Mir wird schwindelig. Obwohl ich sitze, habe ich das Gefühl, einen Berg herabzufallen.

„Papa", flüstere ich und greife nach seiner Hand. Papa lässt es geschehen und legt seinen Kopf auf meiner Schulter ab, während ihm die Tränen tonlos herunterlaufen. Er macht beim Weinen keine Geräusche, er verzieht kaum das Gesicht. Nicht wie bei Mama und mir. Wir heulen mit allem, was dazugehört. Vielleicht sind wir einfach noch nie so traurig gewesen wie Papa jetzt. Später bereite ich uns einen Pfefferminztee mit Honig zu. Wir wärmen uns an den heißen Bechern. Papa ist blass und ziemlich ruhig. Er rührt immerzu mit dem Löffel in der Tasse, das klirrende Geräusch füllt die Stille zwischen uns aus. Er weint nicht mehr, aber der Ausdruck seines Gesichts ist mir genauso fremd wie eben noch seine Tränen. Ich schlucke meine eigene Traurigkeit runter. Ich schäme mich, weil ich mehr über Papa trauere als über meinen Bruder, den es für mich eigentlich noch nicht gegeben hat. Er existierte höchstens als lästiger Gedanke.

„Gehe aufs Klo“, sage ich.

Papa nickt.

Ich kann es nicht abwarten, endlich die Tür hinter mir zu schließen und Papas Anblick zu entkommen. Ich setze mich vor die Badewanne und strecke die Beine aus. Erleichtert schalte ich mein Smartphone an. Was haben die Steinzeitmenschen nur gemacht, um runterzukommen? Ich weiß nicht, wie lange ich schon irgendwelche Videos auf *YouTube* gucke, als es an der Tür klopft. Erschrocken zucke ich zusammen, springe auf und lasse das Handy in meiner Tasche verschwinden.

„Geht es dir gut, Flo?“ Papa klingt besorgt.

Ich drücke die Spülung und atme noch einmal tief ein und aus, bevor ich den Schlüssel umdrehe. Papa hat angefangen, Teig anzurühren.

„Pfannkuchen“, sagt er und lächelt.

Papa zuliebe esse ich mit, obwohl mir kotzübel ist.

„Hat Maria das Baby noch ... im Bauch?“, frage ich mit Blick auf den Teller.

„Ja ... also ...“ Papa stockt, bevor er weiterredet. „Sie bekommt eine Ausschabung ... in zwei Tagen ... mit Vollnarkose.“

„Das tut mir sehr leid“, flüstere ich, ohne aufzusehen. Ich kann es nicht abwarten, endlich wieder zuhause in meinem Bett zu liegen.

Als Papa mich vor unserem Haus aussteigen lässt, nehmen

wir uns in den Arm. Es zerreißt mir das Herz, ihn mit seinem Kummer zurückzulassen. Gleichzeitig muss ich so schnell wie möglich weg von ihm, um mich selbst in Sicherheit zu bringen. Dic rettenden Eisschollen sind abgezählt und reichen nicht für alle. So viel habe ich von Titanic gelernt. Trifft auch auf das Leben an Land zu. Ich renne außer Atem das Treppenhaus hoch zu unserer Wohnung und beginne schon beim Aufschließen zu heulen. Meine Hände zittern und haben den Schlüssel kaum unter Kontrolle. Endlich springt die Tür auf und unser vertrautes wohliges Zuhause empfängt mich. Jetzt ist kein Halten mehr und zu dem Weinen mischt sich unbändiges Schluchzen.

„Flo?“

Mamas Stimme lässt mein Herz schneller schlagen. Ich bin so unsagbar froh über sie. Meinetwegen kann sie im Fernsehen als Clown auftreten, wenn sie nur immer bei mir ist, wenn ich sie brauche.

„Mama …“ Ich streife die Schuhe ab und werfe meine Jacke auf den Boden, um schnellstmöglich in ihren Armen zu landen. „Es tut mir so leid, dass ich …“ Als ich in die Küche stürme, verheult und durch den Wind, starren mich acht Clowns an. Einer von ihnen sagt: „Flo, Schätzchen, was ist mir dir?“

MONTAG: 25. JUNI

Als ich Liv von meinem toten Bruder erzähle, laufen ihr die Tränen. Sie setzt die Brille ab und schluchzt hinter vorgehaltenen Händen. Ich esse Kekse, sehe ihr zu und warte. Herz aus Osmium. Das härteste Metall der Welt. Während Liv sich schnäuzt und ihr derangiertes Gesicht in Ordnung bringt, klopfe ich an das Terrarium und nehme Kontakt mit den Geckos auf. Hokus und Pokus flüchten unter den dicken Ast, selbst die hauchdünnen Schwanzspitzen ziehen sie nach, bis nichts mehr von ihnen zu sehen ist. Schlaue Tiere. Vor mir sollte man sich besser in Sicherheit bringen.

MITTWOCH: 27. JUNI

Mich trifft der Schlag. Meine bösartig abgeschossenen Spitzen entpuppen sich als Amorpfeile. Maik und Tessa. Aus Lüge und Beleidigung wird eine Liebesgeschichte, die ich persönlich zusammengebraut habe. In der Pause stehen sie eng beieinander, Tessa gestikuliert und gackert, Maik baut sich auf wie ein Gorilla. Sein Geschwafel von der Eiche gehört zu seiner Affenmasche, daran hätte ich früher denken sollen. Ich fühle mich wie ein ausgesetzter Hund, in voller Fahrt aus dem Auto gestoßen.

Als Toby mir von hinten an die Schulter fasst, schreie ich erschrocken auf. Toby zuckt zusammen. Wir lachen. Vor Erleichterung kriege ich mich kaum mehr ein, jede Ablenkung rettet mich aus dem Sumpf. Ich nehme ein Bad in Tobys Bergseeblau. Tauche tiefer und tiefer auf der Suche nach dem vergessenen Gefühl. Nichts. Nicht einmal Splitter davon. Ich bin traurig und erleichtert, vor allem will ich nach Hause und mich ins Bett legen.

FREITAG: 29. JUNI

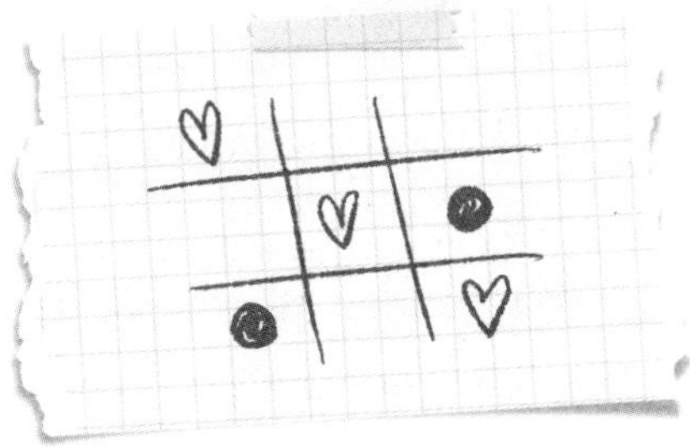

„Was soll das mit den beiden?“, fragt Liv und wühlt sich durch die reduzierten Oberteile. Zwischendurch zieht sie eins daraus hervor und hält es sich an. Seit ich ihr von Maik erzählt habe, ist sie Feuer und Flamme.

Ich schüttele den Kopf. „Keine Ahnung, sie haben auf mich gehört und sich gefunden.“

„Warum machst du das? Er mag dich, wollte Zeit mit dir verbringen.“

Ich seufze. „Anscheinend ist sie genau seine Kragenweite.“

„Blödsinn. Wenn du mich fragst, hat Tessa sich ihm penetrant an den Hals geworfen, weil sie glaubt, er steht auf sie. Gut gemacht, Flo.“

„Hier, zieh das mal an.“ Ich halte Liv ein kirschrotes Shirt mit Fledermausärmeln hin.

„Dein Ernst? Na gut ... Aber nur, wenn du das Gleiche in Blau anprobierst.“

Ich lache entsetzt auf. „Spinnst du, viel zu eng und ohne Kapuze.“

„Du bist feige“, sagt Liv und legt das blaue Teil zurück auf den Tisch. „Deshalb hast du Maik auch vergrault.“

„Halt die Klappe.“ Ich grapsche wütend nach dem Shirt.

„Wer zuerst umgezogen ist, hat recht. Und zwar in allem und für immer.“

Wir rennen los wie die Irren. Liv hält mich hinten am Hoodie fest, ich schubse sie aus dem Gang. Weil nur eine Kabine frei ist, stopfen wir uns beide rein und reißen uns die Oberteile über den Kopf und ab in den neuen Fummel. Dabei lachen wir so laut und hysterisch, dass uns die Luft wegbleibt.

Dann quetschen wir uns vor den schmalen Spiegel in der Umkleide.

„Meine Zähne sehen voll gelb aus mit dem Rot“, stellt Liv fest und wir geiern wieder. „Lass mal tauschen.“

Ratzfatz stecke ich in Rot und Liv in Blau.

„Wow, Flo, du siehst klasse aus.“

„Findest du? Aber irgendwie total verändert. Gar nicht mehr ich.“

„Natürlich bist das du“, widerspricht Liv. „Nur völlig anders. Richtig supertoll.“

Völlig anders muss im Moment wirklich nicht sein. Davon habe ich in letzter Zeit mehr als genug.

„Meins gefällt mir, ich nehme es. Ich ziehe es an, wenn Phillip morgen kommt.“ Liv kichert und dreht und wendet sich vor dem Spiegel.

Mir vergeht die Lust an den Klamotten. Ich ziehe meinen Hoodie wieder an und knuddele das rote Shirt in meiner Hand zusammen. „Komm, wir gehen.“ Ich lasse die überrumpelte Liv in der Kabine zurück und werfe den Fummel auf den nächstbesten Haufen.

SAMSTAG: 7. JULI

Heute ist die Premiere. Als ich meine Augen aufschlage, taste ich zuerst mein Gesicht ab. Fühlt sich okay an. Anscheinend sind über Nacht keine neuen Pickel gewachsen. Ich habe so was von keinen Bock auf diesen Tag! Worst day of the year. Das einzig Gute: nie mehr Proben mit Maik und Toby. Mein Handy surrt. Echt jetzt? Neunzehn WhatsApps von Liv in den letzten zwei Stunden. Ich schreibe ihr zurück: HAST DU ÜBERHAUPT GESCHLAFEN? Dazu schicke ich ihr den verrückten Smiley. Kaum habe ich die Nachricht abgeschickt, vibriert Livs Antwort. Dann ein Blick in den Spiegel. Geht eigentlich. Meine Haut hat sich regelrecht ins Zeug geworfen für den heutigen Tag. Glatt und strahlend. Ich strecke mir die Zunge raus.

Das Lampenfieber macht uns alle völlig gaga. Überall auf der Bühne verteilt liegen Kostüme und Textblätter herum, zwischendrin Herr Frohwerk, der aufgeregter ist als wir.

„Du bekommst das wunderbar hin“, prophezeit er jedem und bringt uns damit endgültig aus der Fassung. „Findet euch noch einmal mit euren Dialogpartnern zusammen und sprecht die Abfolgen durch.“

Maik und ich stehen untätig in der Ecke. Irgendwann wird es

mir zu blöd, dieses Nicht-miteinander-Reden. „Wo steckt Toby nur?“

Achselzucken.

„Am Ende hat er die Aufführung vergessen?“

Erneutes Achselzucken.

„Ruf ihn mal an und frag, wo er bleibt.“

„Keinen Bock.“

„Wie meinst du das?“

„Kein Bock halt.“

„Na super.“

„Ruf *du* ihn doch an, wenn es dir so wichtig ist.“

„Was soll das denn heißen? Ist es dir egal, wenn Toby unseren Auftritt verpennt?“

Schweigen.

„Dir scheint es tatsächlich gleichgültig zu sein.“

„Nerv nicht“, blafft Maik mich an. „Dein Toby wird schon noch kommen.“ Seine Augen blitzen kampfbereit.

„Er ist nicht *mein* Toby, Blödmann!“

„Ist mir doch egal.“

„Und warum sagst du es dann?“

„Was ich sage, ist meine Angelegenheit.“

„Nicht, wenn es sich dabei um mich dreht. Also lass gefälligst diese blöden Anspielungen.“

„Mein Gott, bist du zickig.“ Maik verdreht die Augen, bis nur noch das Weiß des Augapfels zu sehen ist. Mir ist völlig unverständlich, warum Maik so eine Welle macht. Ich habe mit

Toby außerhalb der Proben nichts mehr zu tun. Nach meinem Überraschungsbesuch und dem Kuss sind wir beide voneinander geheilt. Außerdem hängt er seit einer Woche ständig mit Julia ab. Toby ist sicher der Neue, auf den es Julia abgesehen hat. Wundert mich nicht, die beiden passen wirklich perfekt zusammen.

„Bin gespannt auf die Kostüme", sage ich nach einer Weile, um das eisige Schweigen zu brechen, was wirklich nicht auszuhalten ist.

„Wir haben die Arschkarte gezogen", sagt Maik, ohne mich anzusehen. „Die Einzigen, die erst am letzten Tag die Kostüme kriegen."

„Hoffentlich passen die überhaupt!", werfe ich ein und schaue ebenfalls in eine andere Richtung. Als ich zu ihm hinüberlinse, treffen sich unsere Blicke.

„Da stehen ja zwei unserer magischen Bäume." Herr Frohwerk eilt auf uns zu, an seiner Seite die Kostümbildnerin Cora. Seine alte Studienfreundin. Cora trägt einen mehrlagigen Rock in Rot und Grün, unzählige bunte Holzketten, Holzarmbänder und hüftlange dunkelrote Haare. Herr Frohwerks Grinsen umrundet seinen ganzen Kopf.

„Die Kostüme sind Leihgaben aus einem Musical. Sie werden die Verwandlung perfekt machen. Denkt daran, die Symbolkraft der Bäume zum Ausdruck zu bringen. In ihnen spiegelt sich die emotionale Kraft der Situation, die schicksalhafte Leidenschaft des Augenblicks."

Wir nicken die Anweisungen ab. Herr Frohwerk rauscht weiter und lässt uns mit Cora zurück, die uns von oben bis unten mustert.

„Das kriegen wir hin", sagt sie schließlich und schiebt ihre rote Mähne zurück auf den Rücken. „Ihr werdet euch nicht wiedererkennen, glaubt mir."

Maik deutet auf das Kostüm wie auf eine überfahrene Ratte. „Was soll das sein? Und vor allem, wer soll es tragen?"

Cora stemmt die Hände in die Hüften und betrachtet mit schräg gelegtem Kopf die Requisiten.

„Baumkrone, Baumäste, Baumstamm", zählt sie auf und zeigt auf die entsprechenden Einzelteile.

„Zieht das an." Cora drückt jedem von uns einen braunen Einteiler in die Hand, ein Ganzkörper-Gymnastikanzug, der vorne mit einem Reißverschluss geschlossen wird. Nur der Kopf schaut raus.

„Das ist ein Scherz, oder?" Maik hält den Stoff mit gerümpfter Nase von sich weg, als würde er zu allem Überfluss noch stinken.

„Lache ich etwa?", erwidert Cora. „Von dem Anzug ist am Ende nichts mehr zu sehen, versprochen. Ihr könnt euch gleich hier in der Klasse umziehen."

„Ich brauche meine Privatsphäre", schießt es aus mir heraus.

„Dann warten Maik und ich vor der Klasse", schlägt Cora vor.

Ich schüttele den Kopf. „Ich zieh mich auf dem Klo um. Muss eh mal." Entschlossen schnappe ich mir den hässlichen Einteiler.

„Ich auch", klinkt sich Maik ein.

Fassungslos und schockiert trotten Maik und ich nebeneinander her zu den Toiletten. Es ist schlimmer, als ich befürchtet habe.

„Ich hasse mein Leben", murmele ich.

„Das wird schon. Wenn da noch das Grünzeug drübergezogen wird."

„Meinst du echt?"

„Na klar."

„Okay, bis gleich."

Doch mein Entsetzen steigert sich noch, als ich mich auf der stinkigen Toilette in die knallenge braune Gummipelle zwänge. Überhaupt ist es ekelig, in der Klokabine mit Socken rumzulaufen.

„Oh mein Gott." Im Spiegel blickt mir das blasse Gesicht einer bestürzten Vierzehnjährigen entgegen. Ich sehe aus wie eine Kackwurst mit riesigen Brüsten. Eilig ziehe ich meine XXL-Kapuzenjacke über, um mir den Anblick zu ersparen. Panik breitet sich in mir aus. So kann ich mich unmöglich irgendjemandem präsentieren. Ich bin eine absolute Lachnummer. Noch während ich mit rasendem Herzen über meine Fluchtmöglichkeiten nachdenke, steckt Cora ihre Nase durch die Tür.

„Wie sieht's aus? Bist du fertig?"

„Ich glaub, ich kann nicht mitmachen. Mir ist nicht so gut ..."

Cora lächelt milde. „Selbst die berühmtesten Schauspielerinnen haben Lampenfieber."

Kleinlaut dackele ich hinter Cora her. Neben ihrem bunten fantasievollen Outfit komme ich mir noch schäbiger vor. Kackwurst mit Jacke und Turnschuhen. Meine braunen Kackwurstbeine sind noch zu sehen. Cora führt mich zurück in das Klassenzimmer.

Maik sitzt auf einem der Tische und daddelt auf seinem Handy. Sein Blick bleibt demonstrativ an meinen Beinen hängen.

„Sehr lustig“, knurre ich. „Was ist mit dir? Warum bist du nicht umgezogen?“

Maik schiebt seinen Pullover hoch. „Habe ich drunter. Ich mache mich doch nicht zum Affen vor der ganzen Schule.“

„Ehrlich“, stimme ich ihm zu und wende mich an Cora. „In dieser Verkleidung spielen wir die Idioten-Hauptrollen.“

Cora seufzt. „Wartet ab, ihr werdet wunderbare und eindrucksvolle magische Bäume abgeben! Wir fangen mit dir an, Flo.“

„Draußen warten“, befehle ich Maik, bevor Cora mich weiter verschandeln darf. Maik rutscht betont langsam von der Tischplatte hinunter und schlendert zur Tür.

„Lass dich nicht unterkriegen.“ Er zwinkert mir zu.

„Netter Junge“, sagt Cora, als Maik die Tür hinter sich zugezogen hat. Es klingt ein bisschen wie eine Frage.

„Geht“, antworte ich deshalb und ziehe auf Coras Handzeichen hin widerwillig mein Oberteil aus.

„Geht?“, wiederholt Cora.

Na wunderbar. Eine braune Kackwurst mit knallrotem Kopf. Wann hat Gott eigentlich beschlossen, mich zu mobben?

Als Cora sieht, was sie durch ihre Frage in meinem Gesicht

angerichtet hat, lässt sie gnädigerweise das Thema fallen. „Hier ist das Oberteil. Du wirst sehen, die Verwandlung ist perfekt."

Ich könnte sie knutschen, als sie mir einen grünen Sack über den Kopf zieht. Mit zwei Löchern, aus denen die Arme herausragen. Ich bin äußerst zufrieden mit Coras Kostüm. Modell unförmiger Müllsack. Damit mache ich auf dem Laufsteg jeder Restmülltonne Konkurrenz. Erfreut drehe ich mich vor dem Spiegel im Kreis herum, den Cora extra mitgebracht hat.

„Wie versprochen", sagt Cora.

„Stimmt", seufze ich erleichtert. „Von mir ist kaum mehr was zu sehen. Wenn dann noch das andere Zeugs dazukommt ..." Ich deute mit dem Kopf auf den Laubhaufen aus Filz.

„Man könnte meinen, du wolltest dich verstecken, Flora." Cora hat echt ein Händchen für unangenehme Themen.

„Na ja ... ein bisschen Verstecken passt schon."

„Passt ganz und gar nicht", widerspricht Cora und hält mich sanft an den Schultern fest, sodass ich gezwungen bin, ihr in die Augen zu sehen. „Du bist ein schönes Mädchen. Vergiss das niemals."

Vergessen? Wie soll ich etwas vergessen, von dem ich nicht weiß, dass es existiert. Ich muss schlucken, weil mir völlig unerwartet die Tränen in die Augen schießen. Ich drehe mich von Cora weg und streiche den Sack glatt, bis ich mich wieder gefangen habe.

Dann zieht Cora mir die mit grünem Filzlaub benähten braunen Stulpen über beide Arme. Anschließend stülpt sie mir die

Haube über den Kopf, die nur das Gesicht freilegt und ebenfalls mit Filzgrünzeug benäht ist. Ich betrachte mich eingehend vor ihrem Standspiegel, um das Baumwunder zu betrachten.

„Magisch ist was anderes“, stelle ich nüchtern fest.

Cora hat es sich auf dem Lehrerpult bequem gemacht und baumelt mit den Beinen, während sie meine Bewegungen vor dem Spiegel verfolgt. „Für die Magie bist du schon selbst zuständig.“

„Ich werde mein Bestes geben.“

Cora hält den Daumen hoch und wir lächeln uns breit an.

„Wie findest du es?“ Ich laufe vor Maik auf und ab, der vor der Klasse auf seinen Einsatz gewartet hat.

Maik pfeift anerkennend. „Die Demütigung ist vollkommen, würde ich meinen.“

„In diesem Sinne, viel Spaß“, sage ich und halte ihm die Tür zum Klassenzimmer auf. „Die Meisterin der Erniedrigung erwartet dich schon.“

„Hey Flo.“

Julia! Die hat mir gerade noch gefehlt.

„Verführerisch siehst du aus!“ Julias Bemerkung prallt an meinem Stamm ab wie an einer Ritterrüstung.

Im gleichen Moment hetzt Toby über den langen Schulflur in unsere Richtung. Bei uns angekommen, schleudert er seinen Rucksack in die Ecke, stützt sich mit einer Hand an der Wand ab und japst und schnauft wie ein Rennpferd nach dem Endspurt auf der Galopprennbahn.

„Mist, ich hatte einen Platten. Voll der Stress. Wie siehst du eigentlich aus?“

Julia zieht verächtlich eine Augenbraue hoch. „Eigentlich sieht sie aus wie immer. Neu sind lediglich die Accessoires, die lustigen grünen Blätter.“

Toby grinst blöd, dass ich ihm am liebsten mit meinem Ast einen Schlag verpassen möchte. Stattdessen lächele ich milde. Er bedeutet mir rein gar nichts mehr.

„Freu dich nicht zu früh, Toby. Du wirst genauso aussehen.“

„No way“, wehrt Toby ab, als wenn er eine Wahl hätte.

„Wir werden sehen“, antworte ich nur und wedele mit meinen magischen Ästen herum. Ganz zufällig komme ich damit Julia gefährlich nahe. Sie muss einen Schritt zurückgehen, um mir auszuweichen.

„Aufgepasst“, warne ich sie. „Der Sturm wütet bereits in meinen Ästen.“

„In deinem Kopf wohl eher“, schnauzt sie und zottelt wütend ab.

Wer sagt's denn, die Rolle steht mir besser als gedacht.

Die Klassentür geht auf.

Toby stöhnt verzweifelt auf. „Oh Mann, Maik, du siehst ja genauso scheiße aus wie Flo.“

„Der Nächste“, ruft Cora.

Maik gibt den Weg frei und klopft Toby aufmunternd mit dem Ast auf die Schulter.

Dann stehen wir voreinander.

„Na."

„Na."

„Ziemlich warm unter der Haube."

„Und wie! In dem ganzen Anzug!", stimmt Maik mir zu. „Hoffentlich werde ich nicht ohnmächtig auf der Bühne. Hitzestau oder so." Er stützt sich an der Wand ab, als hätte er bereits wacklige Knie.

„Käme nicht so gut."

„Wahrscheinlich nicht."

Schweigen.

„Wir sehen ein bisschen aus wie die Teletubbies", fällt mir ein. „Kennst du die? Die haben auch so einen runden Gesichtsausschnitt."

Wir lachen. Dabei muss ich immerzu auf sein Teletubbie-Gesicht starren.

„Wird schon klappen, die Vorstellung", sage ich. „Die Kostüme sind eigentlich ganz witzig." Ich sehe an mir herunter. Wir lachen erneut.

„Sorry wegen letztens. War irgendwie angepisst", sagt Maik unvermittelt.

„Was meinst du?"

„Na, dass ich einfach abgehauen bin. Im Park damals."

Ich winke ab. „Ist okay."

„Ehrlich?"

„Ja klar. Ich hab mich auch ziemlich bescheuert aufgeführt", gestehe ich. „Außerdem wollten wir doch eh gehen."

Maik schüttelt seine Baumkrone. „Eigentlich nicht." Ich will seinem Blick ausweichen, aber er lässt mich nicht. „Ich denke, du liegst falsch ... mit Tessa und mir."

„Okay ...", erwidere ich gedehnt. Mein Herz hüpft wie ein crazy Flummi.

In dem Moment fliegt die Tür auf und Toby kommt herausgepoltert.

„Ich könnte kotzen, echt jetzt! Wir sehen aus wie Schwachköpfe!"

Maik und ich grinsen uns an.

Cora lehnt im Türrahmen und begutachtet das Ergebnis ihrer Arbeit.

„Seid ihr zufrieden?"

„Auf keinen Fall", mault Toby.

„Ich find's gut", meint Maik.

„Ich auch", stimme ich ihm zu.

Toby zeigt uns einen Vogel. „Ihr spinnt!"

Und dann geht alles plötzlich ganz schnell.

„Husch, husch, auf eure Plätze." Herr Frohwerk treibt uns drei magischen Bäume wie eine Herde Rindviecher vor sich her auf die Bühne.

„Das ist derart entwürdigend", motzt Toby. „Theater ist für mich gestorben. Lieber sammele ich im Park Abfall ein."

Hinter den geschlossenen Bühnenvorhängen bringt Herr Frohwerk alle Darsteller in die richtige Position. Während Julia nervös kichernd auf der Stelle tänzelt, Toby im Marathonfluchen alle Rekorde bricht und die anderen in allerletzter Sekunde ihren Text leise vor sich hin flüstern, habe ich meinen größten Auftritt. Er kostet mich allen Mut, den ich in mir zusammenkratzen kann. Ich zupfe Maik an seinem Ast.

„Wollen wir was unternehmen? Nach der Vorstellung vielleicht?“

„Ein Date mit einem magischen Baum?“, fragt Maik.

„Das wäre schön“, antworte ich.

Maik grinst. „Abgemacht!“

Dann öffnet sich der Vorhang.

Autorin
Nicole Mahne

Nicole Mahne musste sich erst durch eine dornige Schulzeit quälen, bis sie endlich studieren durfte, und zwar Germanistik, Linguistik und Pädagogik. Seit 2006 arbeitet sie als freie Lektorin und Texterin. Sie lebt mit Mann, Tochter, Hund und Kater in Bielefeld.

Leseprobe

1

Vor dem Drogeriemarkt hielt ich an und holte tief Luft. Ich würde da jetzt reingehen, mir die Farbe greifen, sie unter meinem T-Shirt verstecken und kackendreist wieder rausmarschieren. War doch nichts dabei, oder?

Zugegeben, das wäre Diebstahl. Egal. Ich musste das Zeug haben. Nicht wegen des Nervenkitzels, sondern weil ich es haben *wollte*. Also fasste ich mir ein Herz, betrat den Laden und zog das Ding durch.

Wo die Farbe stand, wusste ich genau. Schließlich war ich schon neunmal dran vorbeigeschlichen, an drei verschiedenen Tagen. Heute griff ich zu.

Aber irgendwie war die Packung größer, als ich in Erinnerung hatte. Wenn ich sie unter mein T-Shirt steckte, sah ich vermutlich aus, als sei ich mit einem Schuhkarton schwanger.

Ich zögerte – einen Moment zu lang. Plötzlich war der Gang voll mit Menschen. Die wollten sich doch nicht alle die Haare färben?

Ich wich einen Schritt zurück. Und noch einen. Vor so vielen Zuschauern konnte ich unmöglich etwas klauen. Verdammt. Am besten brach ich die ganze Sache ab. Kurzentschlossen drehte ich um und steuerte auf den Ausgang zu. Dabei musste ich mich zwingen, nicht zu rennen.

Fünf Meter vor der Tür fiel mir auf, dass ich die Farbe noch in der Hand hielt. Das durfte doch nicht wahr sein!

Aber wenn bisher niemand was gemerkt hatte, konnte ich sie eigentlich auch mitgehen lassen. Ohne weiter drüber nachzudenken, klemmte ich mir die Packung unter die Achsel und machte, dass ich rauskam.

Sobald ich mit meiner Beute auf der Straße stand, atmete ich aus. Und dann erwischte mich die Adrenalinwelle mit voller Wucht. Mein Herz raste und ich keuchte wie nach einem Boxkampf. Mit beiden Armen hielt ich meinen Körper umklammert und presste das Haarfärbemittel fest an meinen Bauch.

Da landete eine Hand auf meiner Schulter. „Wen haben wir denn hier?"

Ohne mich umzudrehen, riss ich mich los und rannte. Der andere immer hinterher. Ich hörte das Geräusch seiner Schritte auf dem Asphalt und warf den Turbo an. Schnell vergrößerte sich mein Abstand zum Tatort. Trotzdem blieb der Kerl mir auf den Fersen. Im Zickzack hetzte ich durch die Gassen der Innenstadt und betete, dass ihm irgendwann die Luft ausging. Doch das passierte nicht. Stattdessen merkte ich, wie ich selbst an die Grenzen meiner Puste kam.

Als ich nicht mehr konnte, bog ich in einen Hinterhof ein und quetschte mich in den nächstbesten Hauseingang. Da stand ich nun und bemühte mich, so leise wie möglich zu japsen. Aber mein Verfolger hatte mich gesehen. Schon hörte ich seine

Schritte auf mich zukommen. Ich saß in der Falle und er wusste es.

Ach ja, nur um eins klarzustellen: Dass ich geklaut hatte, war keine Mutprobe oder so was. Falls das vielleicht einer gedacht haben sollte und enttäuscht ist, dass niemand kam, um mich zu beglückwünschen oder mir auf die Schulter zu klopfen. Wegen dieser Aktion würde ich nicht in irgendeine angesagte Clique aufgenommen werden. Dieser Diebstahl war reine Notwendigkeit. Mutproben hatte ich nicht nötig. Und eine Clique erst recht nicht.

Ich drückte mich noch tiefer in die Nische und presste die Augen fest zu, als ob ich dadurch unsichtbar wurde. Die Schritte hielten genau vor mir. Gleich würde der Typ mich packen und zur Polizei schleifen. Und dann würde ich so lange auf der Wache festgehalten werden, bis meine Mutter mich abholen kam.

Doch nichts dergleichen geschah, obwohl mein Verfolger mich auf keinen Fall übersehen haben konnte. Misstrauisch wagte ich einen Blick.

„Rhys!" Die Erleichterung schoss durch meinen Körper wie vorhin das Adrenalin.

Rhys war mein für den Rest der Welt unsichtbarer Freund und ich war höllisch froh, ihn zu sehen. Doch die Freude währte nicht lange. Diese Moralapostel-Schnute, die er inzwischen aufgesetzt hatte, kannte ich nämlich nur zu gut. Rhys war imstande und brachte mich dazu, das Diebesgut zurückzubringen und mich freiwillig der Polizei zu stellen. Darauf war ich im

Moment nicht besonders scharf, deshalb stieß ich mich von der Hauswand ab und machte, dass ich wegkam.

Mit wenigen Schritten holte er mich ein. „Mann, Lu, was soll der Scheiß? Wirst du jetzt 'ne Diebin oder was?"

Ich presste die Lippen fest aufeinander und tat so, als sei er Luft. Doch Rhys ließ nicht locker. „Such dir lieber ein paar anständige Freundinnen, damit du nicht immer so hirnverbrannte Alleingänge startest!"

„Ich brauche keine Freundinnen."

„Ha, ha, ha. Dann wenigstens einen Freund. Aber einen richtigen. Einen zum Knuuutschen!" Demonstrativ schmatzte er Küsschen ins Weltall.

Zum Dank für diesen geistreichen Wortbeitrag bekam er von mir den Mittelfinger gezeigt. Ich hatte mir abgewöhnt, lange zu reden, wenn sich die Dinge auch auf diese Art klären ließen.

Taten sie aber nicht. Rhys lästerte weiter. Also trat ich ihn vors Schienbein. Er jaulte auf und krümmte sich – nur um eine Sekunde später aufzuspringen und mich auszulachen. „Ich bin ein Phan-tooom, schon vergessen?"

Er war kein Phantom. Er war mein zweites Ich, mein *Alter Ego*. Bloß dass niemand außer mir ihn sehen oder hören konnte.

Vielleicht ist Alter Ego nicht ganz das richtige Wort, aber mir fällt kein besseres ein. Manche Leute verwandelten sich nämlich in ihr Alter Ego. Superman zum Beispiel. Das konnte ich nicht. Das heißt, ich lief nicht plötzlich rum wie Rhys oder so. Obwohl ich das ziemlich cool gefunden hätte, denn manchmal war er viel mehr Ich als ich selbst.

Mittlerweile befanden wir uns auf dem Weg zur Bushaltestelle und weit genug weg von der Drogerie, sodass ich es wagen konnte, Rhys meine Beute zu zeigen.

„Pink?“ Zweifelnd sah er von dem Etikett zu mir und zurück und schüttelte den Kopf. Dann grinste er.

Ich grinste ebenfalls. Rhys hatte mal pinke Haare gehabt. Früher, als wir uns kennenlernten. Wegen einer Wette. Damals ging es darum, wie lange er es durchhielt, jeden Tag etwas Pinkes anzuziehen. Die gefärbten Haare hatten ihm mehrere Monate gebracht und die Chucks auch. Letztere waren meine Idee gewesen. Inzwischen sahen sie allerdings mehr grau aus als pink.

Bisher hatte ich noch nie versucht, meine Haare zu färben. Sie fielen mir bis auf den Rücken, waren aber struppig und widerspenstig. Und blond. Blond ist was für brave Mädchen. Dieser Gattung gehörte ich schon seit dem Kindergarten nicht mehr an.

Im Bus war es heiß und stickig, aber zum Glück nicht voll. Rhys lümmelte sich auf dem Sitz neben mir. In meiner Vorstellung war er größer als ich und ein bis zwei Jahre älter. Natürlich hatte er leuchtend grüne Augen. Die waren so umwerfend grün, als hätte er in Chlorophyll gebadet. Er war nicht der erste Freund, den ich erfunden hatte, aber bei Weitem der aufregendste.

Das mit den erfundenen Freunden fing an, als ich noch mit meiner Mutter in Ghetto-Neustadt wohnte. Einem Stadtteil, wo jede Menge Hochhäuser aus dem Asphalt wuchsen. Damals wollte meine Mutter mir nicht erlauben, allein auf den zwei

Blocks entfernten Spielplatz zu gehen. Also behauptete ich, dass ich gar nicht allein sei. Selma war doch dabei.

In Wirklichkeit gab es keine Selma. Doch nachdem ich sie an jenem Nachmittag erfunden hatte, konnte ich draußen tun und lassen, was ich wollte.

Seitdem trafen Selma und ich uns öfter. Bald kannte ich sie in- und auswendig. Und meine Mutter auch, denn ich erzählte zu Hause ständig von ihr. Mit der Zeit wurde Selma für uns beide immer echter. Ich wusste, was sie anzog, wo sie wohnte und wie sie tickte.

Als sie ein halbes Jahr später zu meiner Geburtstagsfeier kommen sollte, flog auf, dass sie gar nicht wirklich existierte. Da war sie aber schon meine beste Freundin.

Wahrscheinlich ist meine Mutter nur mit mir aufs Land gezogen, um sie loszuwerden. Selma wohnte ja in Ghetto-Neustadt und einfach mitnehmen konnte ich sie nicht. Ich habe dann auch tatsächlich angefangen, mich mit den Kindern in meiner neuen Klasse zu verabreden. Doch irgendwie war das nicht dasselbe.

Meine nächste selbsterfundene Freundin hieß Aurelie. Sie war total hübsch, zog immer Mädchenkleider an und machte sich nie schmutzig. Nach ein paar Monaten verboten ihre Eltern ihr allerdings, mit mir durch die Pfützen auf den Feldwegen zu rennen oder im Müll nach brauchbaren Dingen für unsere Bude zu wühlen.

Da war Daphne schon besser. Allerdings guckte sie lieber Fernsehen, als dass sie mit mir durch die Gegend zog und Straßenlaternen austrat.

Nacheinander erfand ich noch drei oder vier andere beste Freundinnen, bis ich eines Tages Rhys kennenlernte. Damals lehnte er im Bus am Entwerterkasten. Mit seinen grünen Augen zwinkerte er mir zu und baumelte wenig später kopfüber zwischen den Halteschlaufen von der Querstange. Ganz egal, dass ihm dabei die Jacke über die Ohren rutschte. „Wetten, dass ich durchhalte, bis du aussteigen musst?“

„Wetten nicht?“

Er hielt durch. Auch wenn sein Kopf hinterher genauso pink leuchtete wie seine Haare.

Heute benahm er sich im Bus wesentlich zivilisierter als damals. Außer, dass er gerade mit den Fingerknöcheln einen Beat gegen die Rücklehne seines Vordermannes trommelte. Aber mich störte das nicht. Ich hatte sowieso nur meine neue Haarfarbe im Sinn.

Zu Hause angekommen rannte ich die Treppe hoch, die wie eine Sammlung alter Schiffsplanken knarzte. Meine Mutter war noch nicht da, also schloss ich die Tür auf und schob Rhys rein. Da unsere Wohnung unterm Dach lag, war es hier noch viel heißer und stickiger als im Bus. Ich ließ mich auf mein Bett fallen, um mir in aller Ruhe die Gebrauchsanweisung der Packung durchzulesen. Dabei warf ich versehentlich mein Handy vom Nachttisch, das dort am Ladekabel hing. Automatisch hob ich es auf und guckte aufs Display: keine neuen Nachrichten, keine verpassten Anrufe. Hätte mich auch gewundert, mich versuchte nie jemand zu erreichen. Also legte ich es wieder weg. Während ich den Beipackzettel auseinanderfaltete, hängte sich Rhys an den dicken Holzbalken unterm Dach und machte Klimmzüge.

Fürs Haarefärben brauchte ich ein altes Handtuch. Nichts leichter als das. Alte Handtücher hatten wir massenweise. Großzügig entschied ich mich für das hässlichste.

Und dann ein altes Hemd. Auch damit konnte ich dienen. Sämtliche meiner Klamotten erbte ich von meinem Cousin. Der gute Cedric war zwei Jahre älter als ich. Außerdem schien er in letzter Zeit massiv in die Breite gegangen zu sein. Die meisten der Erbstücke hätte ich bequem als Zelt benutzen können. Doch mit Hilfe einer scharfen Schere und meiner Uralt-Nähmaschine hatte ich noch jedes Teil in Form gebracht. Dass die ursprünglichen Designer bei meinem Anblick Bauchschmerzen bekommen würden, war so gut wie sicher.

Während die pinke Farbe einwirkte, verzockten Rhys und ich die Zeit. Er gewann ein Computerrennen nach dem anderen und grinste wie ein Gummibärchenmilliardär. Den Rechner hatte ich übrigens auch von meinem Cousin geerbt. Sogar ins Internet kam ich mit der Kiste.

Schließlich beschloss ich, dass wir lange genug gewartet hatten. Unter kaltem Wasser wusch ich die getrocknete Farbe aus meinen Haaren. Danach rubbelte ich alles mit dem hässlichen Handtuch trocken. Das Ergebnis war perfekt.

„Wow“, staunte Rhys und fuhr mir mit beiden Händen durch die pinken Zotteln. Auch ich war zufrieden und machte mich ans Auskämmen.

Als ich zur Hälfte durch war, hörte ich den Schlüssel im

Schloss unserer Wohnungstür. Hektisch griff ich nach dem Handtuch und wickelte es mir um den Kopf. Keine Sekunde zu früh.

Meine Mutter erschien im Flur, stürzte auf mich zu und riss mich in ihre Arme, sodass ich fast keine Luft mehr bekam.

„Ich hab einen Job!“, kreischte sie mir ins Ohr.

Halb taub wich ich zurück. Sie ließ mich los und tanzte durch den Flur. „Ich hab einen Job! Ich hab einen Job!“

Rhys und ich sahen uns gegenseitig an. Job klang nach Geld. Und Geld konnten wir gut gebrauchen.

„Was für ein Job ist das denn?“

Anstelle einer Antwort packte sie mich an den Händen und walzte mit mir durch die Wohnung. Wir fegten etliche Papiere vom Tisch, rissen den alten Kerzenständer um und brachten die Büchereibücher durcheinander, die im Flur gestapelt waren. Derweil bemühte sich Rhys, nicht im Weg rumzustehen.

Lachend und keuchend landeten wir schließlich auf meinem Bett. Dabei rutschte mir das Handtuch vom Kopf. Als meine Mutter die pinken Haare sah, bekam sie einen Schreikrampf. Hatte ich es nicht geahnt?

„Soll ich uns vielleicht einen Tee kochen?“ Was Besseres fiel mir auf die Schnelle nicht ein. Mit etwas Glück funktionierte es trotzdem, denn meine Mutter gehörte zu den Leuten, für die Tee das Allheilmittel schlechthin ist.

Tatsächlich ging ihr Schreien in ein Röcheln über und hörte irgendwann ganz auf. Sie erhob sich, schnaubte vor sich hin und wankte in die Küche. Wahrscheinlich wollte sie mal wieder von einer höheren Macht wissen, womit sie so eine missratene Tochter wie mich verdient hätte.

Ich unterdrückte ein Stöhnen, folgte ihr und setzte schon mal den Kessel auf. Anschließend durchwühlte ich sämtliche Schränke auf der Suche nach Keksen. Ich fand keine.

„Frag sie nach ihrem Job“, raunte Rhys mir zu. „Sonst versucht sie gleich wieder, ihren Psychologie-Mist auf dich anzuwenden.“

Nach ihrer Ausbildung zur technischen Zeichnerin hatte meine Mutter angefangen, Sozialpädagogik zu studieren, und hätte sie nicht jedes Mal vor dem Examen kalte Füße bekommen, wäre sie mit dem Studium schon seit Jahren fertig. Dass sich das Ganze so lange hinzog, konnte aber auch daran liegen, dass sie sich ständig Freisemester nahm, um unseren Lebensunterhalt zu verdienen. Psychologie war eins ihrer Hobbys und sie ließ keine Gelegenheit aus, an praktischen Beispielen zu üben. Meistens an mir. Das ging selten gut, deshalb tat ich, was Rhys mir geraten hatte, und fragte sie: „Was ist denn das für eine Stelle?“

„Jemand hat sich auf den Aushang im Supermarkt gemeldet. Ein Herr Kunzendorff. Ich habe heute mit ihm telefoniert. *Nette Studentin sucht Nebenjob*, weißt du noch?“

Ich wusste nicht mehr. Ich nickte trotzdem. Währenddessen hängte ich die Teebeutel in die Kanne.

Rhys schnitt eine Grimasse. Nette Studentin!

Dabei sah er dermaßen komisch aus, dass ich nur mit Mühe ein Kichern unterdrücken konnte.

Der Job bestände darin, tagsüber auf Kunzendorffs Tochter

aufzupassen, berichtete meine Mutter. Das Mädchen hatte einen schweren Autounfall hinter sich und war lange im Krankenhaus gewesen. Da ihr Vater nicht wollte, dass sein Töchterchen allein zu Hause war, während er im Büro saß, sollte meine Mutter ihr Gesellschaft leisten. Er hatte nicht mal etwas dagegen, dass sie während der Arbeitszeit lernte. Hauptsache, sie war körperlich anwesend.

„Klingt das nicht fantastisch?" Das Leuchten kam zurück in ihre Augen.

In der Tat klang das fantastisch. Ein bisschen *zu* fantastisch, ehrlich gesagt. „Wie viel zahlt er dir?"

„Hundertzwanzig Euro am Tag."

Wow.

„Das sind 2400 Euro im Monat! Wochenenden nicht mitgerechnet." Rhys konnte es kaum fassen. Damit wären auf einen Schlag sämtliche offenen Rechnungen bezahlt. Inklusive der Miete für die nächsten Monate. Der Kessel pfiff. Ich beeilte mich, das Wasser aufzugießen.

„Wo ist der Haken?"

„Kein Haken." Meine Mutter lachte.

Das war unmöglich. Niemand bezahlte einem Babysitter fünfzehn Euro in der Stunde. „Was musst du noch alles machen? Putzen? Kochen? Bügeln?"

„Dafür gibt es eine Haushälterin."

Ihr Glück. Meine Mutter war eine ziemliche Niete in solchen Dingen. Meistens musste ich mich darum kümmern, alles, was aussah, als entwickelte es in nächster Zeit ein Eigenleben, aus der Küche in die Biotonne zu verbannen. Andernfalls wurden wir wahrscheinlich irgendwann von unserem eigenen mutierten Müll gefressen.

Kopfschüttelnd stellte ich zwei große Tassen auf den Tisch. Bei der einen fehlte der Henkel und die andere war so ausgeblichen, dass das ursprüngliche Motiv schon nicht mehr zu erkennen war.

Ich gab Rhys zu verstehen, dass er mit aus meiner Tasse trinken müsse. Wenn ich Geschirr für ihn deckte, regte sich meine Mutter immer so auf und das konnte ich gerade nicht gebrauchen.

Warum gerieten Erwachsene auch so leicht in Panik, wenn ein Mädchen in meinem Alter einen Fantasiefreund hatte? Andere erfanden einen Vater. Dem schrieben sie sogar Briefe. Das war doch noch viel schlimmer.

Obwohl mir ein erfundener Vater auch nicht geschadet hätte. Besser als gar keiner. Oder vielmehr einer, der sich schon vor Jahren verkrümelt hatte und anscheinend weder mit meiner Mutter noch mit mir je wieder etwas zu tun haben wollte.

„Was sind das für Leute?“ Der Name Kunzendorff sagte mir nichts. „Kenne ich die?“

Meine Mutter zuckte die Schultern. „Glaube ich nicht. Bisher war das Mädchen irgendwo in der Schweiz im Internat.“

Rhys pfiff durch die Zähne. Sowohl Schweiz als auch Internat bedeuteten Geld. Umso seltsamer, dass der Mann eine Studentin anheuern wollte und keine professionelle Kinderpflegerin. Aber meine Mutter war manchmal ein bisschen naiv, was solche

Dinge anging. Das war nicht der erste Job, dem sie so begeistert entgegensah, und es würde nicht der letzte sein, den sie nach ein paar Tagen wieder hinschmiss. Demnach war hier Vorsicht geboten.

Mit einem Kopfnicken wies Rhys mich darauf hin, dass der Tee lange genug gezogen hatte. Ich warf die Teebeutel in den Ausguss und schenkte uns ein. Meine Mutter griff nach ihrer Tasse und pustete versonnen auf die Oberfläche, sodass ihre Brille vom Wasserdampf beschlug. Nachdem sie ein paarmal genippt hatte, lehnte sie sich zurück, streckte die Beine aus und sagte: „So, und jetzt zu dir. Wo hast du diese abartige Farbe her?"

Ich wusste, dass sie mir nicht glauben würde, wenn ich ihr vorschwindelte, dass das Zeug ein Werbegeschenk war und ich es im Briefkasten gefunden hatte. Deshalb versuchte ich auch gar nicht, irgendwas zu beschönigen. Mit ziemlich schlechtem Gewissen berichtete ich von dem Diebstahl. Die ganze Aktion war echt locker gewesen, solange nur Rhys und ich davon wussten. Aber einen Erwachsenen einzuweihen, machte alles hochoffiziell und viel ernster als nötig.

Kaum hatte ich geendet, fragte mich meine Mutter: „Hast du die Packung aufbewahrt?"

Mit gesenktem Kopf nickte ich.

„Sehr gut. Sobald ich mein erstes Geld in der neuen Stellung verdient habe, gehst du zur Drogerie zurück, gestehst deine Tat und bezahlst das Färbemittel."

2

Nachdem meine Mutter ihren Tee ausgetrunken hatte, erzählte sie mir, wo die Kunzendorffs wohnten. Das Haus lag zwei Kilometer außerhalb unseres Örtchens, also gar nicht weit von hier. Komisch, dass wir die Familie nicht kannten.

„Heute Abend um halb neun bin ich mit ihm verabredet, um die Formalitäten zu erledigen und seine Tochter schon mal kennenzulernen."

„Können wir mitkommen?", fragte ich und berichtigte mich im selben Atemzug: „Kann ich mitkommen?"

Rhys zielte mit dem Zeigefinger auf mich und drückte ab. Ich verdrehte die Augen.

„Dich soll ich mitnehmen?" Meine Mutter schnaubte.

Ich nickte kräftig. Einer musste schließlich aufpassen, dass sie es nicht vermasselte.

„Dich? Mit pinken Haaren?" Entschieden schüttelte sie den Kopf.

„Dann warte ich eben draußen vorm Haus."

„Du bist echt neugierig, weißt du das?"

Ich grinste nur.

„Außerdem wird es bestimmt spät. Und morgen ist Schule."

„Egal. Ich hab in den ersten beiden Stunden frei."

Meine Mutter seufzte. „Na schön, wenn's unbedingt sein muss ..." Sie goss sich Tee nach und verzog sich mit der Tasse in ihr Allerheiligstes. Ganz früher war das mal unser Wohnzimmer gewesen. Mittlerweile war es jedoch in ein Arbeits- und Schlafbüro mutiert. Überall lagen Papierstapel, lebenswichtige Notizen und jede Menge Bücher herum. Nichts davon durfte von Unwissenden berührt oder womöglich verändert werden.

Für das Vorstellungsgespräch am Abend zog meine Mutter ihre Stöckelschuhe an und schminkte sich sogar. Darüber lachte Rhys sich halb tot. „Meine Güte, sieht das affig aus!"

Leider musste ich ihm zustimmen. Umso wichtiger, dass wir mitkamen.

Im Gänsemarsch überquerten wir den Hof, um unsere Fahrräder aus dem Schuppen zu holen. Meins quietschte und eierte und die Gangschaltung war Schrott. Übertroffen wurde es bloß noch von dem Drahtesel meiner Mutter, auf dem sie hockte, als hätte sie einen Stock verschluckt. Ich konnte nur beten, dass ihr neuer Arbeitgeber nicht aus dem Fenster guckte und uns kommen sah.

Die Adresse war nicht schwer zu finden. Hinter dem Ortsausgangsschild ging es nur noch geradeaus die Landstraße entlang. Das riesige Grundstück lag mitten zwischen Feldern und Weiden. Es wurde von einer Mauer begrenzt, die gerade so hoch war, dass sich alles, was sich dahinter befand, neugierigen Blicken entzog.

Auf der Einfahrt stellte meine Mutter ihr Fahrrad neben einem angeberischen Audi ab. Sie zupfte ihre Klamotten zurecht und klingelte am Tor. Ich wünschte ihr viel Glück. Dankbar lächelte sie mich an.

Wenig später ertönte ein Türsummer und sie trat ein. Rhys und ich spähten durch den Eingang, konnten aber außer einem riesigen Garten nichts erkennen.

Als meine Mutter verschwunden war, versteckten wir unsere Drahtesel ein Stück abseits im Graben. Dann huschten wir die Mauer entlang, bis wir einmal herum waren. Nirgends befand sich eine Stelle, an der wir uns durch die Mauer hätten zwängen können. Deshalb beschlossen wir drüberzuklettern, und zwar an der Hinterseite. Dort konnte uns wenigstens niemand von der Straße aus beobachten.

Die Mauer war nicht gerade niedrig, doch Rhys gelang es, sich daran hochzuziehen und auf der anderen Seite wieder runtergleiten zu lassen.

„Siehst du was?“, flüsterte ich neugierig.

„Komm rüber, Lu“, flüsterte er zurück.

War klar, dass mir das nicht erspart blieb. Fluchend und mit Abstrichen in der B-Note zog ich mich ebenfalls an der Mauer hoch. Oben angekommen machte ich mich erst mal platt wie ein Schnitzel und orientierte mich.

Das Haus stand vielleicht zehn Meter von der Mauer entfernt. Ein moderner Bau mit vielen Fenstern, die bis zum Boden gingen. Im hinteren Bereich des Gartens wuchsen höhere Bäume und einige Büsche. Wie dafür gemacht, um sich dahinter zu verstecken und anzupirschen. Rhys hockte in einem Ginster und machte mir ein Zeichen, ihm zu folgen. Also sprang ich von der Mauer und rannte geduckt zu dem Busch. Unter seiner Führung schlichen wir uns näher.

Macht Geld cool? Und glücklich?

Stephanie Polák

Wie ich plötzlich reich wurde und dachte, alles wird cool

Theo kriegt die Krise: Seit Tante Britta ihren Job verloren hat, wohnt er mit ihr und seiner Mutter zusammen und jetzt planen die beiden ernsthaft, Theos Zimmer zur Hälfte in ein Kosmetikstudio umzuwandeln! Geht's noch?! Dass Theos Schwarm Kim mit Danny zusammen ist, toppt das Ganze. Klar, der gehört eben zu den Coolen. Ob sich das ändern würde, wenn Theo reich wäre? Und dann hat Tante Britta die Chance 500.000 Euro in einer TV-Show zu gewinnen ...

160 Seiten, 148 x 210 mm,
gebunden, 12,90 €
ISBN 978-3-943086-47-8

Atemberaubend spannend!

ab 12 Jahre

»Unser Leben ist nicht leicht. Aber es ist das einzige, das ich kenne – jetzt habe ich Angst, dass uns selbst das genommen werden könnte.«

Lars Meyer

After Dawn – Die verborgene Welt

Die Welt ist vergiftet, in Dornwall haben sich die Bewohner dem unwirtlichen Leben angepasst. Ohne Schutzanzug, Atemfilter und Luftprüfer wagt sich niemand aus der Stadt heraus. Als das Dorf von einem stählernen Koloss und feindlichen Soldaten angegriffen wird, ändert sich das Leben der 15-jährigen Ember von heute auf morgen: Die Einwohner Dornwalls werden gefangen genommen und auch Embers Vater, ihre Geschwister Mina und Ceren und ihr Freund Ryan werden verschleppt – das Dawn-Imperium braucht Arbeiter für die Wandernde Stadt. Ember begibt sich zusammen mit vier Gefährten auf eine gefährliche Reise mit ungewissem Ausgang – sie hat nur ein Ziel vor Augen: ihre Familie zurückzuholen. Doch der Preis, den sie dafür zahlen muss, ist hoch ...

368 Seiten, geb. mit Lesebändchen, 20,- €,
ISBN 978-3-96594-173-1